萬卷樓詩文叢集之十五

捲籟軒師友集

蔣夢龍署

黃笑園等著
楊維仁主編

序

昔者宣聖論詩，首拈興觀群怨之旨，至今有志六義之士莫不奉為圭臬，詩人感觸既深，引譬連類，以為比興，心聲之抒是也。而觀覽風俗之盛衰，隱刺國政之善惡，固亦名流詠吟所不棄，縱昕夕惕厲，和墨濡筆，篇章俱富，要之非翰苑群聚共相切磋，無以臻成就最上法門之境界也。

北、基、蘭三邑，舊屬淡北，當東寧開闢之初，執政以其荒鄙，視為遣戍流人之所。乃得賴科、吳沙之徒，鑿險通幽，荷戈以啓，墾殖斯土。厥後，文教漸興，鄭祉亭揚名北郭園，開南疆甲科之嵩始；陳迂谷築室太古巢，啓北臺詩教之先聲，猗歟盛哉！蓋淡北之域，海山交錯，天風鼓浪，摩盪其間，兼以靈秀所鍾，宜乎才士之輩出，且見詩風之磅礴也。

有清末造，運會北趨，唐景崧方伯駐節臺北，踵繼斐亭結社先例，創社牡丹，縉紳畢集，遙賡榕垣之韻事，嗣響道署之鐘聲。風氣所及，至深且廣。珠厓擲去，漢學陷存亡絕續之秋，瀛社、天籟吟社之崛起，即其餘韻也。瀛社薈萃北臺吟壇群英，春秋佳日，讌集催詩，聲勢日熾，堪與南社、櫟社鼎足而三。而天籟之雅韻高吟，雄渾激越，獨步全臺，視古之勒銘燕然，歎其振大漢之天聲者，又何多讓焉！

臺地自古詩風雖盛，惟類皆值板蕩亂離之世，如明清鼎革、日人殖民統治，以及樞府播遷，碩學鴻儒，百無聊賴，競以詩鳴，漢文經典，乃得藉此作一線之傳。尤以日治半世紀間，詩社普及，書房與之俱興。臺北趙一山、林述三特其佼佼者。林述三繼承乃父礪心齋書房，教授生徒，後集門下組天籟吟社，共推為社長。捲籟軒之黃笑園先生，即列高足，且為天籟三笑之一；先生畢生絳帳宏開，作育英才無數，陳雪峰、黃雪岩、唐羽、莫月娥、黃篤生尤稱傑出者。

笑園先生仙去民元戊戌陽月，身後詩稿零落，卻未付棗梨，斯及門諸子至今猶有遺憾焉。去歲，唐羽、莫月娥以師恩浩瀚，圖報無由，乃有恭印詩集之議；而以二子及黃篤生詩文附焉，顏曰《捲籟軒師友集》，其高義實為吾臺詩壇所罕見，殊堪大書特書表而彰之者也。

若斯合集，將哀為四卷，人各一卷，序齒存焉，而以笑園先生篇什冠諸卷首，曰〈黃笑園夫子詩詞選〉，次則二生〈唐羽詩文選〉、〈莫月娥詩選〉，殿以黃篤生之〈黃篤生詩選〉接後。笑園先生原遺有《捲籟軒吟草》手稿，亦由二生窮蒐舊時報紙、詩刊所載，排比校補；唐羽雄於古文辭，詩名遂為所掩，詩文皆出手定，恰如其分；莫月娥詩以社課、酬應為多，跨越時間亙一甲子，早年多未存稿，乃得楊維仁臂助，輯自報刊，因竟全功。黃篤生久擅書法，藝林推重，攤箋成詠，特其餘事耳，諸詩亦賴楊君選編，篇幅較少，其故在此歟？

余生也晚，不獲追陪笑園先生於詞場，乃因臺灣文獻之契合，與其高徒唐羽兄論交，始知渠固騷壇健將，以潛心史志，久疏格律，至近年顧問瀛社，復肆力於詩，始著佳績。莫月娥女史，詠絮才高，老鳳聲清，夙已馳名於壇坫，余及晚近，始識荊於天籟前社長張國裕府第，知其孜孜不倦，以吟唱誘掖後進，尤感佩無已。至黃篤生書家，大名貫耳，終緣慳一面，惜其天不永年，遽爾蛻化而去。余向有聚書之嗜，嘗陸續入藏九思齋故物，巧合如是，豈冥冥之中，尚有翰墨因緣存乎其間耶？

夫師友合集，庸社之卷帙堪徵；女弟並列，留鴻之前例可循；今也捲籟一集殺青在即，唐羽兄來電督序，備述梓行緣起，且郵示全稿，得先讀為快。斯舉也，故紙廣蒐，彰師門之風雅；宏編新出，燦員嶠之光華。笑園先生衣鉢傳承俱在，幸毋以尋常藝文視之！

歲在癸巳上元之夜　竹山　**林文龍**　謹序

凡例

一、《捲籟軒師友集》為捲籟軒書齋黃笑園夫子及其門下唐羽、莫月娥、黃篤生之作品選集。

二、卷一〈黃笑園夫子詩詞選〉，作品由唐羽、莫月娥、楊維仁編選，依創作年代編年排列，主要由《淡北吟社課題擊鉢擊其他詩集》、《臺灣日日新報》、《台南新報》、《南瀛佛教會報》、《南瀛新報》、《昭和新報》、《詩報》、《風月報》、《天籟報》、《南方》、《中華詩苑》、《詩文之友》、《天籟吟社集》、《庸社風義錄》、《天籟詩集》及黃笑園先生手稿《捲籟軒吟草》互相比對查考。惟詩作發表年代與實際創作年代或有落差，是以本卷作品之編年，亦可能有少數誤差之狀況。

三、卷二〈唐羽詩文選〉，作品由唐羽自選，詩依創作年代排列，文則依類別編年排列。

四、卷三〈莫月娥詩選〉，作品由莫月娥、楊維仁編選，依創作年代編年排列，主要由《中華詩苑》、《詩文之友》、《中華藝苑》、《中國詩文之友》、

《臺灣古典詩擊缽》、《中華詩壇》、《大雅天籟》、《天籟新聲》、《天籟吟社九十周年紀念集》互相比對查考。惟詩作發表年代與實際創作年代或有落差，是以本卷作品之編年，亦可能有少數誤差之狀況。

五、卷四〈黃篤生詩選〉，作品由楊維仁編選，依創作體裁排列，先後分別為「七言絕句」、「七言律詩」、「五言絕句」、「五言律詩」。能查考創作年代者，以西元計年標示於題目之後。

捲簾軒師友集總目

卷首

卷一 黃笑園夫子詩詞選

卷二　唐羽詩文選

詩選

文選

卷　三　莫月娥詩選

卷四　黃篤生詩選

卷末

作者簡介

黃笑園

黃笑園（一九零六——一九五八），諱文生，字笑園，又號文星、少頑、捲籟軒主人，師事礪心齋書房林述三夫子，為天籟吟社健將，與「笑岩」林錦堂、「笑雲」曾朝枝並稱「天籟三笑」，亦曾參加淡北吟社、瀛社、鷺洲吟社、捲籟軒吟社、庸社。創立捲籟軒書齋，出其門下者不計其數，陳雪峰、黃雪岩、唐羽、莫月娥、黃篤生尤稱俊秀。

唐　羽

唐羽，本名蔡明通，字縱橫，原籍宜蘭縣，一九三三年生於金瓜石，一九四八年來北，師事黃笑園夫子，其後學史於文化大學史學系，專從臺灣史與譜牒、方志之研究，著有《臺灣採金七百年》、《臺陽公司八十年志》、《魯國基隆顏氏家乘》、《雙溪鄉志》、《貢寮鄉志》、《臺灣鑛業會志》等書，自署蘭陽史氏。現任臺灣瀛社詩學會顧問。

莫月娥

莫月娥，一九三四年生於台北，師事捲籟軒書齋黃笑園夫子，數十年來以推廣傳統詩為職志，擔任各機關、社團、媒體之詩學講座與吟詩指導。現任中華民國傳統詩學會副理事長、臺北市天籟吟社顧問、澹社聯絡人，曾參加淡北吟社、捲籟軒吟社。著有《大雅天籟：莫月娥古典詩吟唱專輯》（吟詩光碟唱片）。

黃篤生

黃篤生（一九三六—二零一二），別號厚盦、開心山人、等閒居士，法號淨舟、常和。早歲從捲籟軒書齋黃笑園先生修習國學，曾參與天籟吟社、淡北吟社、捲籟軒吟社，別號一鵬。其後師事曹秋圃、溥心畬先生習詩書畫，善各體書法，行草尤妙。曾任澹廬書會總幹事、換鵝書會會長，著有《黃篤生書法小品集》、《黃篤生行書春江花月夜》、《黃篤生書唐人詩》等書帖。

圖一：「捲籟軒書齋」匾額

詩壇大老考試院長賈景德先生民國四十六年題贈

圖二：黃笑園夫子

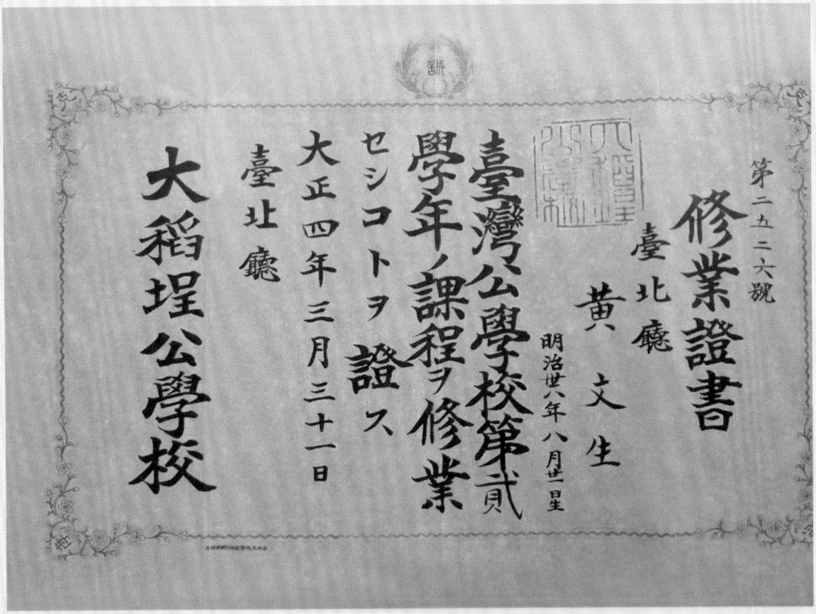

第二五二六號

修業證書

臺北廳
黃文生
明治廿八年八月廿一日生

臺灣公學校第貳學年ノ課程ヲ修業セシコトヲ證ス

大正四年三月三十一日

臺北廳
大稻埕公學校

圖三：大稻埕公學校修業證書（1915 年發）

圖四：昭和十年（1935）天籟吟社主辦全島詩人聯吟大會合影
十月廿七日、廿八日於台北市蓬萊閣舉行，六百餘位詩友與會

淡北吟社三十五週年記念 民國四十六年三月二十二日

圖五：淡北吟社卅五週年紀念合影（民國四十六年）

後排左起：卓夢庵、王在寬、葉子宜、張榮西、林笑岩、劉萬傳、黃雪岩、黃篤生

中排左起：張晴川、李集福、（？）、林子惠、（？）、陳結煌、連梓桶、曾笑雲、黃湘屏、莫月娥

前排左起：李世昌、（？）、黃笑園、（？）、（？）、（？）、張作梅、莊幼岳、駱子珊、張鶴年

圖六：庸社一週年紀念合影（民國四十六年）
後排：左二黃文虎，左五葉子宜，右六黃湘屏，右一周植夫
前排：左二林子惠，左三黃笑園，左四李世昌，左五張作梅，
右五李嘯庵，右三張晴川，右二李集福

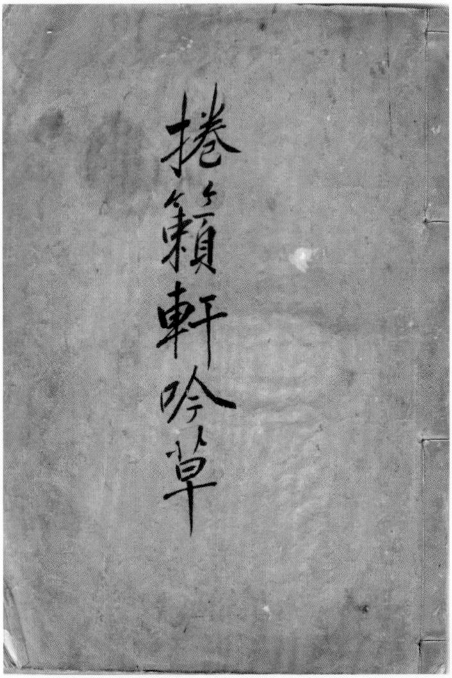

圖七：黃笑園先生手抄本《捲籟軒吟草》
年代不詳

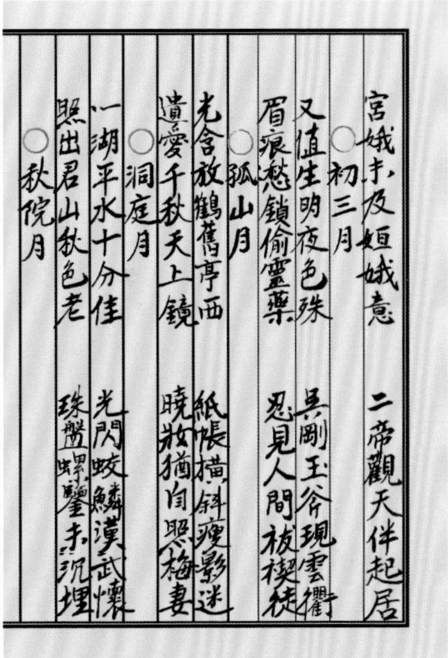

宮娥未及姮娥意　二帝觀天伴起居

初三月

又值生明夜色殊　吳剛玉斧現雲衢

眉痕愁鎖偷靈藥　忍見人間被禊徒

孤山月

光含放鶴舊亭西　紙帳橫斜瘦影迷

遺愛千秋天上鏡　曉妝猶自照梅妻

洞庭月

一湖平水十分佳　光閃蛟鱗漢武懷

照出君山秋色老　珠盤螺髻未沉埋

秋院月

圖八：黃笑園夫子手稿

圖十七：唐羽《臺灣採金七百年》

圖十八：唐羽《魯國基隆顏氏家乘》
（十冊，廿六卷，線裝）

圖十一：莫月娥吟唱，楊維仁製作《大雅天籟：莫月娥古典詩吟唱專輯》
萬卷樓圖書公司二零零三年出版

圖十二：《大雅天籟：莫月娥古典詩吟唱專輯》收錄 CD 兩片，
古體、近體詩共七十六首

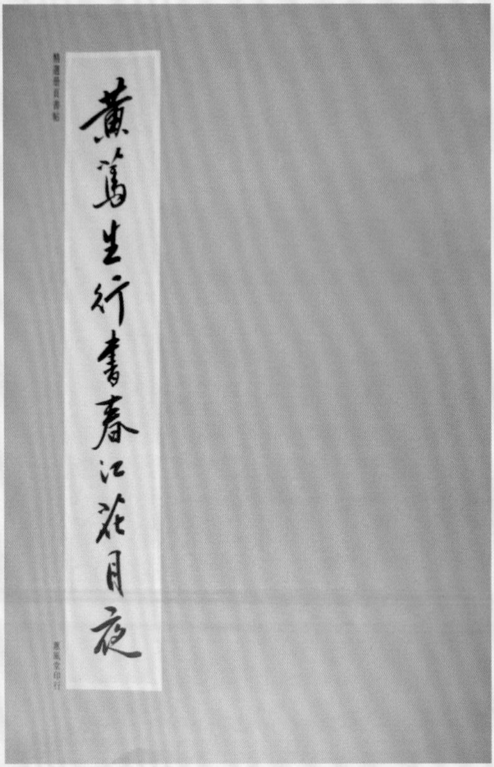

圖十三：黃篤生《黃篤生行書春江花月夜》蕙風堂一九八五年出版

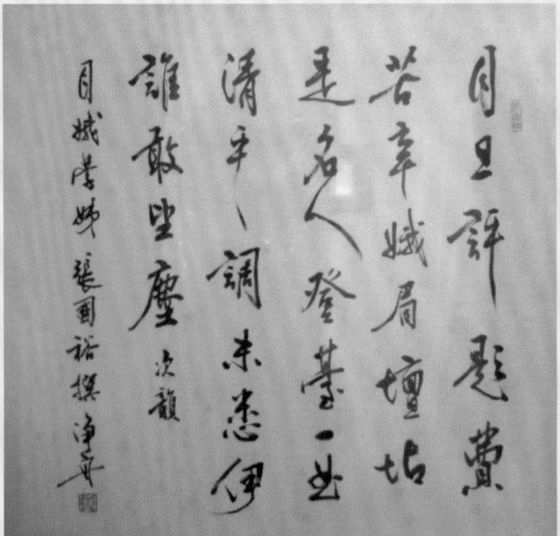
圖十四：黃篤生書法張國裕贈莫月娥詩，一九九八年

卷一　黃笑園夫子詩詞選

卷一　黃笑園夫子詩詞選

大正十三年　西元一九二四

古佛

星霜歷盡一龕殘，佛古何嫌弔影單。借問幾時初塑像，年湮代遠辨應難。

山居

琴鶴相隨宅對巒，煙霞老屋蔦蘿蟠。商山許共餐芝草，塵世虛榮冷眼看。

歸雁

底事瀟湘去復回，幾聲嘹唳不勝哀。漫空白露歸飛急，疑是音書天外來。

賣花聲

霏霏細雨百花新，記得何郎常嫁春。深巷平明聲一喚，玉樓無數捲簾人。

畫蝶

粉蝶描成色綺羅，高飛舞巧女牆過。分明昔日滕王筆，留與人間有幾多。

送曉初社兄之板橋依留別原韻

騷壇昔日會吟旌，一笑相逢膽便傾。忽聽驪歌頻悵望，何時再締水鷗盟。

春　酒

桃李芳園勝會開，百篇許就酒盈杯。春寒塊壘君銷去，終日甘心盡醉回。

松　風

槎枒古幹節凌霜，不改凋容意氣揚。未得化龍空有恨，濤聲滿徑更凄涼。

雞籠河泛舟

輕舟泛盡短長堤，雲影如羅月未迷。詩窟有巢稱太古，爭傳迁谷舊留題。

大正十四年　西元一九二五

待　月

憑欄深望許多時，待月關心月轉遲。斂盡濃花無片影，珠簾頻捲幾回窺。

大正十五年（昭和元年）　西元一九二六

范蠡載西施遊五湖

不怕人傳為色狂，五湖一去水茫茫。醉翁之意非貪酒，更恐傾城誤越王。

范蠡載西施遊五湖

破吳歸去不公侯，萬里煙波放小舟。更得傾城願相伴，畢生壯志一時收。

范蠡載西施遊五湖

明知勾踐樂難同，托跡扁舟萬頃中。最愛美人湖上景，甘心不問破吳功。

昭和二年　西元一九二七

元旦書懷

桃符換罷樂王春，且喜椿萱老健身。時序調和無限好，高歌擊壤太平人。

艷幟

迎風飄上下，高挂出娼門。閃閃郎銷魄，翩翩客斷魂。一竿春有色，五彩望無痕。醉眼朦朧客，休疑酒幔翻。

赤壁火

鏖戰嘉魚不可論，東風捲焰渺無痕。至今賸有丹崖在，空弔曹軍月夜魂。

感詠

管中窺豹同盲眼，火裡飛蛾徒損身。世態滄桑難逆料，古來成敗幾多人。

附林述三夫子次笑園感詠韻

貝錦原來感底事，渭涇從合自由身。汪汪叔度陂千頃，乾唾何慚古哲人。

啞美人

名花身價亦傾城，可惜蓮難舌底生。若是相逢勞問訊，言情偏怪不分明。

相如鼓琴

怪底勾挑際，絲絃韻抑揚。情傳魚得水，曲是鳳求凰。綠綺何堪聽，紅顏況未亡。臨邛佳話在，司馬最猖狂。

私語

促膝談心對鏡臺，燈光照處絳唇開。投機絮絮情千種，話到銷魂轉笑來。

登白鹿洞漫興

大石結成小洞天，洞含全廈樓臺幾萬千。山巒遠近環繞如屏障，面海狂濤一筆牽。直西鼓浪黃家渡，往來帆影生眼前。登臨也覺心幽爽，景不留人亦流連。人家日用煎茶水，都從絕頂汲甘泉。問君此洞是誰號白鹿，祇今歷劫四百有餘年。

曉步鷺江港口

遙瞻鼓嶼密人煙，狗吠雞鳴四境傳。立定岸旁天欲曉，鷺江吞吐萬邦船。

遊南普陀

南普陀幽絕俗氛，蕭森崇嶺起層雲。慚無俊逸清新句，題盡珠林景十分。

過虎谿岩

古樹分根抱石磬，崎嶇曲磴日將西。雄心更有窮高意，暮雨瀟瀟過虎谿。

鷺江客寓雨夜有感作

晚風蕭索透紗窗，一盞青燈對影雙。雨足橫塘蟲唧唧，牀頭攲枕水淙淙。追懷五月離鯤島，轉感孤舟入鷺江。殘局未收爭霸地，當時亦是帝王邦。

編者注：《臺灣日日新報》昭和二年八月二十五日：「天籟吟社黃笑園由廈歸北，諸社友於八月二十日夜假湮陶齋開洗塵擊缽吟會」。以上五首應為廈門之行所作。

中秋夜泛舟淡江

乘興同攜手，良宵泛小舟。蘭橈之字水，團圓坐艙頭。深見波心月，猶聞櫓聲柔。涼風吹雙袖，破浪溯上游。數點漁燈遠，長空一望秋。人生惟樽酒，同酌可銷愁。天涯淪落客，托跡似萍浮。勸君須盡醉，世事且莫憂。

過板橋林氏別墅

接天古木半新芽，野草還開昔日花。寂寞樓台飛瓦雀，微風吹柳夕陽斜。

納　涼

山居亦足遂幽情，迺地濃陰綠竹清。不用調冰攜妓去，松風涼度碧溪聲。

媽祖田溪即事

鋪溪大小石迎眸，危瀨聲喧使客愁。村女劬勞異城市，日中担炭下輕舟。

簪　菊 天籟吟社五週年紀念吟會

插來幾朵見天真，醉後何關鬢似銀。莫笑滿頭如杜牧，傲霜品節總堪親。

傷　春

春歸何太急，啼斷子規腸。滿地看紅葉，荒郊見綠楊。花愁人亦怨，夢短漏猶長。前度騎驢輩，敲詩為爾狂。

泛　舟

非關雪夜遊，雅興過中秋。柔櫓搖空夢，輕舟駕上流。清風旋水面，明月掛江頭。不聽琵琶調，灘聲動客愁。

贈笑雲詞兄

問君緣底事，邀我到君堂。甘心陪末席，聽談涉世方。深宵蟲語唧，隔院機聲揚。秋風何瀟灑，吹動垂堤楊。感君雖黍約，情契興何長。

附作者業師林述三先生評語：「友愛情逾切，聽談涉世方。以斯輔仁，其益有三。二生勉旃！」見《南瀛佛教會報》第六卷第一期。

昭和三年　西元一九二八

感作

戰雲漠漠任從過，鎮日痴迷感慨多。笑我思潮還未定，半新半舊欲如何。

潯陽琵琶

一曲彈明月，秋江冷荻花。絃挑珠錯落，指撥影橫斜。訴恨雙眉蹙，嬌羞半面遮。孤舟司馬淚，同調感天涯。

登大觀閣偶作呈與主人

登臨心氣爽，世事盡忙忙。窗含千重壑，簾捲帶水長。流汗輕衫濕，山徑似羊腸。豈有拘禮貌，披襟任風颺。西列觀音壯，閣背大屯雄。北近臨滄海，南方市異同。大觀君獨占，感君大家風。使人開眼界，亦是主人功。

網珊吟

可憐珊瑚樹，生長屈深淵。越王稱烽火，夜燦光欲然。釣竿難拂起，取之偏賴船。枝條高七尺，鐵網待三年。有時逢識主，出水曲而堅。製磨為珍寶，留與古今傳。文章無知音，漂泊困天邊。人亦難相比，抱才幾萬千。

步建彬兄竹猗吟原韻

四顧蒼篋美，虛心倍爽神。是真君子氣，能脫小人身。清淨休求富，平安不患貧。凌宵搖綠影，遯世辟紅塵。鳳毛柔風勢，龍孫勁節伸。坐篁懷處士，烹茗為嘉賓。一杖鄧林浦，千竿檞谷濱。青青淇澳感，有斐質彬彬。

蓮塘

荷氣初聞滿四隅，波光瀲灩似平湖。六郎此處頻來往，可見鴛鴦戲水無。

記事珠

星星錯認鮫人淚，投暗何堪一燦光。絕好相思時上掌，檀郎情緒總難忘。

詩才

七步名揚曹子建，百篇馨逸李長庚。即今幾輩稱仙鬼，空向騷壇白戰爭。

傷春詞 調寄憶江南

春去也，啼斷子規腸。十里落紅飄滿地，人憐芳草蝶憐香，風雨急閑窓。

大屯山大八景

晴雪峰

陟彼崔巍冷氣衝，盤桓彳亍倚喬松。千岩烟靄迷黃葉，數尺瓊瑤覆碧峰。湖海飄零傷過雁，江潭寂寞嘆潛龍。新晴絕頂登臨處，彤管難描秀色濃。

仰天池

石磴高巖靜眼窺，一泓瀲灩水澿時。無心出澗悠然去，有意歸山不可期。自古危峰曾噴火，衹今深壑變為池。仰天始覺天相近，奇雨綿綿催賦詩。

小桃林

桃林慢道乾坤小，池北平鋪茂草長。古老高原脩屋宇，牧童橫野放牛羊。耘田纔覺春天及，收稼旋驚夏日忙。惟有陶潛宜植杖，誰堪到此避滄桑。

觀濤岩

碧空渺渺絕飛鳶，極目無崖水浩然。面對觀音離兩岸，山環羅漢立雙肩。岩如龍虎橫天外，海捲風濤掛眼前。萬頃白波長噴雪，滿懷秋思有誰憐。

冷水谾

谾隔桃林無咫尺，岸邊喬木氣蕭森。飛泉直下吞奇石，幽谷靜中聽異磪。藍水夕陽騰秀色，青山暮鳥覓知音。閑來別有清涼味，讀史溫經且朗吟。

飲冰壑

破壁飛湍著意看，離離原草暮煙團。清泉一壑冰霜冷，白雪千峰心胆寒。㤃聽震雷催急雨，時聞啼鳥下危灘。別開世外神仙界，今日獨來感百端。

鳴湫墩

何處湫水响東墩，晝夜飛泉入耳喧。萬籟山中來有韻，群鴉林外過無痕。悠揚斷送離人夢，砰湃頻驚旅客魂。似奏霓裳歌一曲，癡心疑是在梨園。

大觀閣

新築大觀高閣雄，夕陽斜照豔粧紅。遠看滬尾連滄海，回顧稻江架彩虹。景好未輸清暑殿，雲閑不鎖廣寒宮。梵鐘渡水凌雲寺，正入詩人感慨中。

附作者業師林述三先生評語：「（八首）寫景寄情，灑落可喜，笑園得意之作。」《南瀛佛教會報》第六卷第三期。

題大觀閣

譜茶坡上閣，新築色鮮妍。樹木皆清秀，好景出自然。西對觀音山上寺，晨鐘暮鼓隔江傳。東墩古澗千餘尺，時時傾耳聽飛泉。北望狂濤捲滄海，漁歌互答過江船，南山凌霄如五指，稻艋人煙入眼前。夜來明月好，銀河變太千。酌酒待明月，敲詩月娟娟。桐陰松影處，滿地鋪白氈。感君獨能用幽意，遂使遊人得流連。何時屏跡來絕巘，了然不為利名牽。

怪　星

明滅多時燦異光，幾回變幻雜參商。若教照向芸窗下，載鬼心虛鬮草堂。

閒步臺北橋

徙倚橋欄袖手行，漁燈數點觸詩情。江風嫋嫋吹涼味，可惜閑雲翳月明。

浪　花

安得旛鈴護，浮沉萬頃中。何須春帝寵，全賴谷王功。鬨借風姨力，散非天女工。銀山翻雪裡，三月漾桃紅。

草山道中口占

踏遍草山路，嬉春興未賒。臥牛臨澗壑，修竹傍人家。水繞千峰外，日從一角斜。桃花嬌媚笑，遊子感無涯。

走馬燈

激心寸燭焰飄紅，紙背光搖百戰中。楚毀阿房三月火，魏遭赤壁一宵風。繁華世上循環甚，幻影燈前倏忽空。回首中原還逐鹿，奔騰萬馬感斯同。

遊淡江詞 調寄滿江紅

九曲長江，飛白鷺、晚風無力。回首望、粱成輿馬，往來人密。一角西山懸落日，津頭依舊空遺跡。到夜闌、明月照江干，清寒溢。秋已盡，飄蘆荻。人易老，鬢眉白。感繁華如夢，富貧難易。滄海桑田多變幻，人情冷暖頻相逆。聽水流、添我恨愁生，思潮急。

垓下歌 天籟吟社六週年紀念會

十面風雲急，江山覺已亡。逝騅時不利，逐鹿志何望。子弟皆寒膽，漁樵為斷腸。樽前虞美嘆，楚帳調凄涼。

木　偶

面目難裁刻匠思，只教作俑亦何奇。宦情也有空尸位，懷慎無能感若斯。

雛　虎 天籟吟社陳伯華令郎湯餅會

雖同豹變亦稱名，養飼何妨歲月更。他日盧山雄嘯處，過溪三笑一齊驚。

昭和四年　西元一九二九

吳起

輕心出誓明仇母，有意求功又殺妻。如此奸雄為魯將，老天忍使勝田齊。

昭和五年　西元一九三零

食桃

長生可致久垂涎，湘核瓊肌沁露鮮。最羨壽筵金母會，九重春色醉群仙。

眼波

牽來脈脈豔雙眸，古井生餘半暈羞。一瞬須防秋水活，攪翻情海作橫流。

昭和六年　西元一九三一

砲雨

聲聲響處暗乾坤，萬點飛來鐵騎奔。冒險將軍爭戰日，漫空錯落打轅門。

落第詩

榜列孫山外，吟來太不通。詞源三峽盡，錦繡一篇空。有愧風騷客，咸稱月旦公。失平兼失仄，徒費錄鈔工。

禍水

一泓冷盡情天火，百尺深填短命花。空笑晚江攜手涉，人間辱井浪痕賒。

昭和七年　西元一九三二

墨滓

憑誰一洗付魚吞，莫道寒儒只肯存。鐵硯未穿留幾點，再將磨就寫芸軒。

墨滓

一角硯屏萬點存，記將餘瀋寫絲綸。寒窗十載磨心血，刻苦猶留筆淚痕。

出師表

分明泣鬼大文章，臣節何虧諫帝王。鼎足江山任歸晉，先生二表古流芳。

鄧林竹

棲鸞夢冷未心灰，十里龍孫一杖胎。已渺伶倫誰作樂，難為夸父不平哀。

採蓮吟

萬點荷珠水濕衣，惜花心緒更忘機。美人不及芙蓉臉，我愛芙蓉伴我歸。

登林子惠君朗吟樓雜詠四首

清風習習晚來幽，談趣酣時解俗愁。自是知交無客氣，朗吟愛上朗吟樓。

讀書燈下慰幽情，談笑論詩逸興生。明月半窗徐孺榻，何來一闋放嬌聲。

秦樓環繞大方家，露濕盆蘭月色斜。妓女也知身世恨，隔墻又唱嘆煙花。

凭欄覽景意陶然，樓外燈光萬點懸。千里目窮詩思好，珠簾遙捲碧雲天。

僧嫖

月下敲門酒味賒，偷香露水濕袈裟。未超苦海迷情海，怒目金剛一棒加。

香美人

金蓮印處盡馨泥，滿眼群芳氣亦低。自是天生傾國色，薰人一味出瓠犀。

廢吟

騷壇白戰有如無，詩思而今冷到吾。蓮社缽聲憐久寂，憑誰擊響一招呼。

簾風

半捲垂春閣，颸颸響有音。水晶鳴鐵馬，玉指撥絲琴。攪動瀟湘意，難忘巾幗心。可憐兼料峭，脂粉冷羅衾。

蓬萊閣雅集 天籟吟社歡迎詩人施梅樵吟會

偶集蓬萊閣，題詩各自由。羅裙紅頰映，麥酒白杯浮。俗慮皆忘卻，吟情轉覺幽。因緣聯翰墨，共醉破千愁。

蓬萊閣雅集席上敬步梅樵先生原韻戲呈

紅裙杯酒勸，徹夜共清遊。席上歌桃葉，花間笑莫愁。良緣繩繫足，美意錦纏頭。何必歸心急，吟旌合小留。

附施梅樵先生蓬萊閣雅集

久厭風塵客，無端賦遠遊。良朋新滿座，濁酒散千愁。花亦舒青眼，人應笑白頭。歸心牢不得，多事又勾留。

讀書燈

清輝不啻古螢囊，照徹儒心歷十霜。我愛騷壇時刻灼，詩星耿耿共爭光。

味　素

取將麥穗製來成，潔白糖輸氣味清。不試何知非玉屑，素餐亦可下湯羹。臨廚大有易牙意，興業寧無管仲情。自是家家三飯重，至今販路遍東瀛。

酸　筍

玉版名稱戲器之，抽芽卻羨凍雷時。可將解籜三餐助，并作黃梅一味宜。濺齒猶留寒士氣，捧心恐蹙美人眉。淡中誰識龍孫好，惟有情場醋婦知。

桃葉渡

久無渡口迎雙槳，大有傷心憶二桃。陳跡已非歌韻在，風流艷說老詩豪。

昭和八年　西元一九三三

石　虎

頑頑任被點頭譏，應有妖狐欲假威。莫比零陵山上燕，從風苛政猛何非。

南陔吟

東皙詩篇唱采蘭，是真孝子識心酸。望雲我也思情切，愛日誰云守道難。目注庭闈遙眷戀，心馳桑梓不遑安。未酬寸草同鴉哺，敢説為兒職務完。

女車掌

市營乘合客登臨，笑問行途親切心。我愛車程停止處，嬌喉語放有英音。

次韻曾笑雲礁溪紀遊

一醉如泥快有餘，笑歡未了動歸車。自將惜別礁溪後，寄意因風問起居。

附曾笑雲礁溪紀遊並呈纘祥振芳一泓子珊諸詞兄

白戰騷壇乘興餘，一行談笑共驅車。詩心清似溫泉水，何日蝸廬卜此居。

次韻曾笑雲昇月樓戲作

花前醉月共飛觴，莫笑揚州杜牧狂。戲語空教悲小玉，客中不見一衫黃。

老牛

喘盡吳天歲月經，皮消骨立鑒勞形。牧童休笑展春草，梨雨還當益壯齡。

桃臉

瑯琊姊妹艷春風，暈頰看來灼灼同。似醉瑤池王母宴，三分猶帶酒痕紅。

鐵硯

耕耘勞筆力，鑄錯九州良。雀瓦磨穿易，螺溪怕失剛。金聲驚地擲，翰苑破天荒。十載枯心血，長留墨瀋香。

戲寄天籟吟社諸詞友十首

曾笑雲

角逐騷壇負盛名，藍橋無夢及雲英。如今著意東寧集，拋卻風流樂半生。

林笑岩

性本諄柔每克雄，三思慎重有誰同。鐵心百鍊商場戰，賭米生涯拜下風。

林錫牙

翩翩才貌尚青春，韻事盈車擲菓頻。不滅宋家風月好，隔墻居有愛情人。

何椒薌

銀根昂降徹行情，對外金融究太精。賬法早知君老手，如何花費算難明。

陳伯華

與酣走馬訪章台，醉語時聞雜笑詼。卻羨童顏還未老，鬍鬚一月剃三回。

林梓慧

斗酒竟成賦八叉，清狂不減樊川奢。醉時猶帶青春興，老眼年來愛看花。

葉子宜

論交不用口藏刀，自有文人氣概豪。白戰場中謄錄稿，賴君一筆善揮毫。

林錫麟

清閑飽食小神仙，日照芸窗尚榻眠。志在養雞稱博士，成名三徙待何年。

盧茂青

望眼將穿旅雁過，音書象斷意如何。一生怕作懷人夢，秋水伊人入夢多。

陳毓痴

瘦小身材志可誇，每因俗擾意如麻。年來卻怪無詩興，只愛自摩貢上花。

昭和九年　西元一九三四

雪達摩

莊嚴皎潔影形單，一笑拈花六出寒。記得化身歸北浦，當空紅日上三竿。

探巢燕

每逢春社憶歸程，煙雨花間舞翅輕。戀母非烏能反哺，含泥營壘出丹誠。

情

牽纏有絮自生初，密密都因意捲舒。腸斷伯輿當為死，心癡寶玉總難除。媧皇不補離天恨，倩女偏將幻夢居。一世作人多繚繞，靈臺著處感嗟予。

毛遂

豈因自薦博聲名，為趙難忘大義生。三寸囊中人不覺，一朝門下客皆驚。功歸舌底傾秦業，語轉鋒芒訂楚盟。合與唐睢稱角峙，千秋國策費公評。

下灘舟

淺砂難住三篙水，急浪沖開七里波。一葦放流同發弩，回頭溯上感如何。

午枕

願向邯鄲借，閑眠且息疲。拙荊中食喚，涼簟曲肱移。紅日當空照，黃粱入夢宜。摩挲思往事，坦腹婿才奇。

醉月

一飲當三五，中天桂影新。冰壺堪濯魄，斗酒足怡神。白也豪如我，牧之狂愧人。秋光同浩蕩，酩酊此佳辰。

昭和十年　西元一九三五

怪星

出沒能驚太史公，雲端光射斗牛中。長留一點輝天籟，不與蘭陽小怪同。

雙怪星

大小光芒自不同，居然出沒各西東。混珠燦爛如魚目，五宿天文笑下風。

詩賊

欲占鰲頭通管節，不防馬足露春風。有非君子稱君子，遺臭騷壇枉費工。

編者按：據潘玉蘭《天籟吟社研究》：昭和九年由宜蘭仰山吟社所主辦的北州聯吟會，在臺北櫻社社員卓周紐遊記中，牽連及詞宗通關節爭論，臺北方面：林欽賜、林夢梅、黃文生諸氏，以真姓名發表，宜蘭方面：怪星、遺老、新聖嘆、墨人諸氏，以假號刊載文章，雙方於《昭和新報》、《南瀛新報》等筆戰，歷二、三個月，愈接愈厲，最後提出告訴。……黃文生發表五首七絕詩〈怪星〉、〈雙怪星〉、〈詩賊〉、〈詩畚緣〉、〈詩飽道〉，認為宜蘭地區以怪星為號者有「盜襲人號之狡」。因怪星是林述三的字號，為騷壇所知，亦對詞宗通關節一事自清。

戲送錫牙社兄之鷺江

春風萬里送吟旌，逆旅翻須憶故情。寄語鷺江君去後，隔墻有女望歸程。

社　雨

五戊逢瀟洒，催詩祠祭天。春泥花徑滑，寒酒錦江傳。鶯燕交愁濕，雞豚共祝年。萬絲供坐賞，好結白蓮緣。

催花鼓

上林羯響發群芳，漫説傳來憶李唐。入耳三撾驚雨點，開眉一笑好春光。聲非聖木宜同聽，韻叶王桴更自揚。太息女權還未醒，為他縱擊有情郎。

杏花雨

銀竹簷前繫萬重，紅沾墻外露春容。江南洒盡歸來客，一領征衣為濕濃。

涼味

醍醐灌頂悟如來，清沁禪心絕點埃。嘗到世情煩惱熱，調冰雪藕亦凡才。

聽經

蓮座團圓合十人，諦通三昧見天真。廣長舌相談玄訣，覺悟心機妙入神。如是我聞頑石動，莫非佛理散花因。下方鵠立皆歡喜，一卷金剛感現身。

虛枕溪聲

若耶流水響來殊，小榻歌聽月色孤。一夜嘈嘈同漏永，攪將春夢片時無。

夏日遣興 天籟吟社歡迎吳小魯先生於江山樓擊鉢吟會　拈齊韻

豪吟同趣味，炎氣太離迷。北閣尋花徑，東山印屐泥。松陰棋對著，襟上筆頻題。避暑宜何事，浮瓜懶似稽。

雲峰

突兀浮嵐一片輕，從龍出岫自生成。排空十二占其雨，笑煞巫山女不貞。

月影

溶溶不鎖廣寒秋，萬里江山一色幽。雲斂銀河開玉鏡，光涵碧海湧晶毬。穿來閨閣簾波漾，照徹乾坤桂彩浮。我感團圓南內夜，素娥應慰美人愁。

觀劇

唱作堪娛目，僚人幕外科。莊宗詼諧好，優孟滑稽多。菊部風情別，梨園韵事何。古今臺上幻，富貴瞬間過。

觀棊

勝敗難分已爛柯，橘中韻事古來多。可憐一馬收殘局，下手無權袖手何。

祝復旦吟社十週年紀念

堂堂一幟樹基隆，擲地金聲百鍛工。大雅有詩興漢學，長存此會啓唐風。三臺望重騷壇裡，十載緣深翰墨中。好向青山題復旦，鞠躬我也頌無窮。

話雨

滴碎蕉心入耳頻，催詩萬點壯精神。淋鈴不遜瀟湘曲，其奈巴山一語新。

昭和十一年　西元一九三六

情波

憐卿憐我感浮沉，盡是心源湧淺深。二女湘江投去後，茫茫一樣綿千尋。

情波

微微湧起愛河深，痴女痴男一試臨。生死不忘凌有襪，最難決是伯輿心。

雨夜

風送瀟瀟醒夢魂，妒花幸有護花幡。催詩更比鉢聲好，愁殺巴山笑語溫。

鄉思

槐夢驚回梓里愁，月光望罷又低頭。軍心也為笳聲戀，不獨蒓鱸味入秋。

詩派

一樣騷壇理不拘，何分爾我別鴻儒。也知溫厚相磋切，底事吟懷各有殊。

醋火

嘗盡悲酸意味饒，心情熱燄氣難銷。如今戀愛還三角，妒婦靈臺幾欲燒。

情淚

雙流玉筯為誰思，孽債難償暗自垂。只有真心人解意，如珠泣血記當時。

仲春遊竹塹 全島聯吟大會

竹南通竹北，聯陌插秧忙。花柳新脂粉，田疇舊柘桑。裙風驚馬耳，屐齒怯羊腸。青草湖邊院，留題八景章。

春耕 全島聯吟大會

二月西疇碧四圍，鋤雲犁雨各忘飢。心田若種相思豆，兒女情苗也發揮。

竹　風 全島聯吟大會

鳳尾吹來掠地清，數竿搖動雜秋聲。瀟湘涼味鄧林影，颭爽襟懷氣節貞。

評　花

桃紅艷冶勝紅蓮，潔白清奇萼綠仙。我愛雞冠高一品，看他富貴似雲烟。

簾　影

一片滿湘味，朱樓懶捲身。月鈎鈎不得，燕剪剪非真。細細波無斂，疎疎跡已陳。迷離搖颺處，隔斷共聽人。

風流鬼

枯骨埋香別有村，色中餓死亦承恩。章台走馬人何在，也作空歸月夜魂。

曉　寒

風如刀剪入紅羅，霜雪侵晨感慨何。妾自春眠應不覺，溫柔鄉裡冷無多。

龍　柱

鱗鱗石介棟才良，雷雨難教化有方。對峙廟前蟠屈曲，從雲未得臥南陽。

鷺鷥林

蒼鬱森森一望賒，蟾蜍山畔夕陽斜。長毫頂上棠歸鳥，宿滿千叢作白花。

老鴇

塗抹鷄皮面，娼門作態嬌。黃金開意蕊，白眼絕情苗。禽性原淫冶，人心最毒饒。可憐權虐妓，七十念奴嬌。

畫月

只恐吳牛喘，形宜紙上藏。欲描蟾魄影，端賴兔毫芒。點綴姮娥面，愁生后羿腸。團圓兒女意，繪出玉盤光。

雲箋

五彩空題雁字行，揮毫筆岫絢文章。不關輕薄風流意，別有情天寫斷腸。

秋山

登高同一慨，遠望入層巒。蕩漾飛雲白，蕭條落葉丹。龍崗螺黛淺，虎穴兔光寒。有負題糕意，思鄉獨倚欄。

裁縫機

閨中刀尺不聞聲，巧製衣裳器已成。起落有音雙腳踏，牽聯無息一針行。銅輪線轉繅絲繭，鐵匣梭如擲柳鶯。我願購來歸內助，免教補衮費心情。

嘴花

有時吐露帶情苗，怒放偏從口角饒。羯鼓何須催刻刻，金鈴不用護朝朝。雖知鴇母蓮生舌，了悟梟雄柳折腰。漫把談中連理瓣，論壇唾蕊也香飄。

剪刀聲

靈芸手下製衣初，錦帛交加響有餘。我愛一枝雙利用，裁花燕尾韻何如。

牽牛花

謫降群芳圃，黃姑化薜蘿。清香飄世界，佳種奪天河。葉有三尖秀，形生六角多。人間穠艷婿，織女意如何。

昭和十二年　西元一九三七

泥痕

函關難拭一丸投，舊態濘濘為雨愁。大塊無心鴻爪印，征途有跡馬蹄留。含來故壘多情燕，染去新田帶喘牛。又憶花村花徑滑，未乾香土滿鞋頭。

青塚

生愁馬鬣落斜昏，環珮誰聆泣女魂。草色空餘埋漢恥，不知憑吊有胡孫。

齊眉案

木器家聲重，猶留説孟光。羹調勞指爪，飯不厭糟糠。禮法傳閨閫，杯盤舉印堂。如斯來獻饌，快婿合多嘗。

樓頭春望

燕子含泥破曉煙，屠蘇一醉杏花天。登非黃鶴聽吹笛，猶似元龍感比肩。車馬雲屯新市井，乾坤日麗舊山川。心怡亞字欄干外，柳色閨人見亦憐。

名士轍 瀛社歡迎鄭鷹秋先生擊缽

千古風流客，縱橫伏櫪駒。雙輪留去跡，一路憶前途。我羨鵬遊志，誰憐鮒涸枯。些時傾蓋後，又見起塵塗。

眼　神

瞳人一轉波如活，眉語三緘意莫誇。巧笑倩時猶盼望，斷魂同注在天涯。

詩　客

美盡東南喜氣豪，緣深翰墨得相遭。烹茶當酒情偏重，寒夜散吟雅興高。

走赦馬

遶案僧群作法秋，紙糊一匹紫驊騮。人間馳入黃泉路，消息文憑縱鬼囚。

敬祝林述三夫子五秩榮壽

愧獻無桃祝至誠，供參夫子壽杯傾。春秋仰頌龜齡壯，血氣剛強鶴髮生。酒令籌添懷海屋，風和人欲立詩城。笑余禮法還依舊，麵線豚蹄表此情。

題青節先生天籟吟社祝林述三夫子五旬榮壽擊鉢

瞻彼清高骨勁身，虛懷林下七賢人。門非五柳輕腰折，大雅猗猗士氣伸。

墨牡丹

形容綽約媚春初，枝葉風流筆下舒。不詡妖嬌心自靜，畢生富貴眼無餘。傾城花易紅顏退，守黑人甘白首居。香國稱王非選色，玄窮面目鑒何如。

夢裡警鐘

何處敲來入耳喧，猶疑飯後響沙門。寒山一杵鳴千里，落月三更淨六根。有客未醒胡蝶化，安禪不許毒龍翻。茫茫苦海迷津路，覺我頭顱總佛恩。

家庭教師

到處留模範，儒風種李桃。獨登門第遠，猶是硯田勞。道訓如趨鯉，文傳欲占鼇。何當能擱筆，夜課憶兒曹。

鯉魚風

一躍爭燒尾，長吹起怒濤。波聯湘水闊，聲撼禹門高。恐動鯨鱗甲，休摧雁羽毛。更添雲際會，陣陣化龍飈。

秋　痕

菊影桐陰外，閑階一色添。金風鳴鐵馬，玉露冷銀蟾。淡蕩箋天迥，沉吟筆岫尖。飛毫明察處，月印水晶簾。

繫　匏

秋棚壓倒勢難堪，不食空懸太不甘。瓢飲有人同一嘆，負他綿瓞笑痴男。

溫水龜

小器防寒足自娛，湯婆本是艷名殊。牙牀莫笑人居蔡，合慰鰥魚冷夜孤。

月　琴

嫦娥身世不平鳴，逸響焦桐耳外清。綠綺有緣君莫問，團圓憔悴七絃聲。

砧　聲

有韻悠揚催白帝，無心搗浣落丹楓。征人彈雨閨情碎，一例寒磯急杵中。

燭　淚

淋漓痕染讀書檠，猶憶催詩共刻成。替我有心流幾點，伊誰達旦秉殘更。愁憐苦海鮫珠似，事記洞房鳳炬明。漫説玉釵敲斷處，星星滴碎義山情。

春閨詞

樓外生愁見柳梢，摽梅有實感香巢。幾多吉士相憐意，寂寞空房雨打敲。

賣魚翁

自稱海國屠龍手，獨立商場笑鶴顏。只在半江楓樹影，生涯活潑鬢毛斑。

波紋

一角銀塘皺綠初，晚風吹動水梭魚。雷同古井微生灩，電閃空潭淡蕩餘。浪印江湖留有跡，潮分涇渭總無淤。雨絲繡罷鴛鴦戲，羅襪凌時竟不如。

鐘聲

有客船中愁擾耳，誰人飯後怨枯腸。知音別抱知音恨，遠寺高樓逸韻長。

昭和十三年　西元一九三八

虎頭蜂

香鬚誰敢捋，豹變到雙肩。釀蜜知無分，探花總有緣。窈妃腰可比，定遠首堪憐。蝴蝶下方拜，針鋒制霸權。

水鏡

波光瀲灩影浮沉，妍醜何人一照臨。日月潭清開匣面，鳳凰池淨鑒天心。願教片片春風拭，不許朦朦曉霧侵。惆悵蘭橈分破處，樂昌情緒感難禁。

醋甕

醯雞胞貯小乾坤，分與鄰家半尚存。覆瓿怕開情爇處，酸氛妒婦暗消魂。

盲唱

黑暗乾坤歷幾秋，生涯落拓倚門樓。歌情有恨虧雙眼，藝術無慚屬九流。豈異簫吹吳市怨，何曾曲引楚人愁。鶯唇聲雜高山調，摩按相憐是舊遊。

落花風

狂飛石燕不揚仁，腸斷金鈴枉護身。拾翠無端三月路，飄紅辜負一枝春。魂銷夢冷封姨妒，骨碎心酸倩女親。恨我生涯如杜牧，空勞陣陣步香塵。

美人影

對鏡分明留玉貌，如花相映羨金閨。可憐月下人身外，一樣裙衫翠黛迷。

大春種苗園觀杏

不為簪花客下驂，大春園外視眈眈。狀元紅是名無二，甲第光分種有三。董奉林中同感慨，仲尼壇上沐恩覃。幾疑誤到江南路，賞色還思買酒酣。

美人問卜

君平老眼亦驚惶，姊妹同來盡艷妝。願藉靈龜求匹鳳，免教意馬亂孤凰。六爻卦動乾坤合，十月緣深子女昌。轉怪先生偏直斷，泥儂臉際滿紅光。

貧民窟

淪落窮如洗，同移共一村。三餐居陋巷。四壁剩空門。有女牛衣泣，無人兔穴存。蒼生飢餓色，渴睡望天恩。

庚　帖

坤造干支八字臨，憑媒一紙命宮尋。分明子午無沖剋，良配應談廢聘金。

假面具

個裡求他貌，誰能別此人。紙糊顏是厚，臉泛色浮勻。有恥如遮籜，無慚至負薪。江東歸戴去，父老認難真。

塵　風

拂盡紅塵了俗緣，一枝掌握快如仙。記將王衍清談外，飄落天花遍大千。

謄寫版

膏油一潤印相兼，錄稿由來付筆尖。竹簡削除時代物，共翻新案版權嚴。

礪心齋窗下分詠 林述三夫子何夢酣林錫牙傅秋鏞同作

杯中月

姮娥笑對醉顏紅，邀影浮沉一盞中。我也飛觴鯨飲輩，盈盈吸盡廣寒宮。

湘簾月

蝦鬚波動影溶溶，斑點分明艷淚封。好是初三玉鈎勢，來鈎十二正愁儂。

春江月

一輪皎潔落篷窗，柳岸迷離夜氣降。逝水年華長照徹，桃根桃葉影雙雙。

梧桐月

一葉飄秋一影遲，題紅只恐素娥知。鳳凰有約同棲老，狡兔如何亦上枝。

鄉心月

悠悠梓里望清輝，十五堪憐玉貌肥。絕似胸中明鏡在，舉頭應有客思歸。

井底月

沉落胭脂照不如，轆轤無計釣蟾蜍。宮娥未及姮娥意，二帝觀天伴起居。

初三月

又值生明夜色殊，吳剛玉斧現雲衢。眉痕愁鎖偷靈藥，忍見人間祓禊徒。

孤山月

光含放鶴舊亭西，紙帳橫斜瘦影迷。遺愛千秋天上鏡，曉妝猶自照梅妻。

洞庭月

一湖平水十分佳，光閃蛟鱗漢武懷。照出君山秋色老，珠盤螺鑒未沉埋。

秋院月

鞦韆影動桂花開，地上清光浸碧苔。露冷迴廊人不寐，靈蟾也過粉墻來。

扁舟月

孤篷夜泛浣紗津，雲影波光共入神。也似西施同一舸，清輝載得五湖春。

潯陽月

司馬江頭痛失群，蘆花秋水白難分。琵琶彈出溶溶影，照到青衫客淚紛。

孤店月

秋河桂影落柴門，一屋蕭條占一村。腸斷雞聲天地白，板橋霜冷客銷魂。

茅舍月

牽蘿補就亦心安，桂影桑陰匝地寬。掃盡簾苔人靜賞，秋痕一抹夜光寒。

瀟湘月

翠竹江干血淚斑，一輪色淨見衡山。有情誰弔冰壺魄，幻出秋空雁影閑。

揚州月

二分秋色最嬋娟，卅六虹橋倒影懸。照盡尋春多少客，團圞早負杜樊川。

梨花月

杭州釀酒憶香飄，雪影寒光費白描。萬朵雲開王建夢，溶溶院落可憐宵。

雲裡月

天衢素影弄西郊，片片羅紋更混教。看破人間多黑幕，如斯靉靆玉容包。

漢宮月

雲收姣姣照風騷，曲檻斜明映錦袍。王母不來腸欲斷，集靈臺望玉輪高。

清池月

一泓兔魄浸如何，凝碧淒涼聽奏歌。絕好冰壺風靜夜，姮娥豔影浴金波。

大世界旅舍觀月

稻市玲瓏色正秋，雪泥鴻爪此曾留。壺天別有開金粟，杯酒寧無感玉鉤。破曉雞聲孤客思，當空兔魄美人愁。屯山燈火蘆洲泛，一夜離情懶倚樓。

黃粱夢

邯鄲一睡落斜曛，炊穀丹爐熱火焚。北闕魂迷真宰相，南柯志負假將軍。人間富貴憑三省，枕上風流到十分。我羨盧生佳遇在，果因醒了不如君。

祝林述三夫子令長女菱兒世妹出閣

一樣關雎賦好逑，向平今日已無憂。能教玉枕藏金屋，不負金蓮步玉樓。射雀才高人拔萃，乘龍志大女何儔。竟添月老神仙術，繫足朱繩到白頭。

寄曾笑雲芸兄

世妹菱兒整嫁衣，陽春廿六日于歸。催妝欲望添佳詠，振筆應先待發揮。我也多時懷足下，君須寄意到頭圍。關心借問同窗嫂，便腹年來是否肥。

昭和十四年　西元一九三九

煨芋

難忘一飽懶殘情，撥出爐灰佛果成。窺豹豈無分爾我，蹲鴟自有味公卿。頭銜黃閣推當世，指點青衫悟畢生。熱火乍消功業就，夜深人已著雲程。

亞字欄

花影漸移感不窮，楊妃斜倚笑東風。幾回累我情重凸，九曲懷人意十空。金井月明消鬢白，玉樓魂斷望磚紅。芳心早透烏絲紙，艷說沉香醉態同。

鏡中人

影動菱花絕點塵，珊珊骨格艷天真。玻璃不異春宮月，猶現蛾眉尚獨身。

和龍峒處士竹猗吟原韻

四顧蒼筤美，虛心倍爽神。是真君子氣，能脫小人身。清淨休求富。平安不患貧。凌霄搖綠影，遯世避紅塵。鳳尾柔風曳，龍孫勁節伸。坐篁懷處士，烹茗為嘉賓。一杖鄧林浦，千竿嶰谷濱。青青淇澳感，有斐質彬彬。

子曰店

設帳非當市，登壇孔氏呼。生涯雙管筆，評價一經儒。門外栽桃李，胸中販玉珠。如今誰顧客，只有舊吾徒。

注射針

不同稚子幾敲推，一刺膚中妙藥來。如若破題能見血，除他詩病亦醫才。

雪美人

花飛六出塑蛾眉，貞操何如潔白姿。妾恐陽春情熱日，消磨玉骨與冰肌。

不夜城

禁固金吾鐵鎖藏，元宵燈火雜天光。更添耿耿詩星在，照徹騷壇五字長。

老新娘

多年待嫁髮葱葱，百年迎來燭影紅。遙祝入門偏有喜，生珠蚌也與相同。

呈林清敦先生賦得鷺洲月照師元樓

一片洲前月，先臨護德垣。美人懷素魄，處士仰清敦。桂影迷梅影，江村抱竹村。何須樓近水，也似玉盈門。銀漢磨心鏡，金花湧酒罇。冰簾秋色老，第宅古風存。遠磬聞蘆渚，新詩濯雪痕。團欒真樂境，顏𩑈布衣尊。

附陳雪峰和黃笑園夫子呈林清敦先生原韻

不夜鷺洲月，殷勤映德垣。鄉愁銷素魄，詩興憶清敦。兔影迷江浦，樓明印竹村。桂輪香滿室，玉鏡朗盈門。帝子邀今夕，嫦娥笑共罇。接天星可摘，近水相長存。秋色臨楓岸，蘆花訝雪痕。燈前兒女話，省識布衣尊。

梅　雨

知時潤物盛相同，四月枝頭滴艷紅。濺齒還思添萬點，胚胎留澤到千叢。師雄帳濕霏霏下，和靖妻愁漠漠中。我愛天公瀟洒甚，寒酸子氣洗來空。

琴瑟友天籟吟社高策軒君新婚擊缽

夫彈婦鼓室家榮，結髮深諳入耳清。合奏鏗鏘魚水樂，雙棲繾綣鳳凰鳴。東南美意絲桐意，天地溫情錦帳情。好是知音皆莫逆，洞房春鬧兩絃聲。

中秋綠園賞月

深宵也趁醉中秋，散策偏尋景色幽。能識天時能識趣，不同道學不同遊。釵裙自古情關險，風月任人眼界收。好是網溪溪水淨，一溪浮漾水晶球。

附中秋綠園賞月聯句己卯八月十五日於川端綠園旗亭

秋月團圓掛碧空（林清敦），白衣酒晉綠園中（鄭文治）。燈光滅際千欃暗（李慶賢），杯影浮時一點紅（黃笑園）。不管人間多黑幕（洪陽生），好教天上送清風（林崇禮）。今宵物得花花色（鄭文治），盡是嫦娥化染工（李思齊）。

附中秋綠園賞月聯句己卯八月十五日於川端綠園旗亭

鬢影釵光亂綠陰（黃笑園），滿懷涼味網溪尋（洪陽生）。詩敲月下探驪句（林清敦），酒醉花前放浪吟（鄭文治）。樂事何妨延一刻（李慶賢），秋宵也算值千金（黃笑園）。人同寶鏡團圓好（洪陽生），珍重明年約共臨（林崇禮）。

贈新莊黃柔道師

段級由來別弱強，拋腰鎖頸豈尋常。如何吾道稱無敵，自信柔能定克剛。

家嚴六十內祝並謝諸先生惠詩

深秋菊蕊映晴暾，耳順家嚴樂事繁。雨露恩覃施芥葉，風霜氣凜壯椿根。榮叨把酒來三祝，喜奉含飴弄十孫。欲向呂翁求壽字，重回花甲慶吾門。

附祝黃笑園詞友令尊翁花甲榮壽席上聯吟

良辰花甲快飛觴（陳伯華），節近重陽菊酒香（林清敦）。我欲偷桃祝壽長（鄭文治），期頤重獻九如章（李世昌）。壽宇宏開客滿堂（何夢酣），摛詞我願祝無疆（林子惠）。豪雄氣凜九秋霜（李慶賢），美酒金龍醉一場（黃雪岩）。桂蘭衣綵羡宗黃（林錫牙），如陵安穩更如岡（林錫沅）。堅貞松柏日青蒼（林錫麟），積善由來叶有慶（林述三）。

萊衣 天籟吟社祝黃笑園詞友令尊花甲榮壽擊鉢

娛親戲綵古流芳，一領難忘孝道揚。愧我青衫寒士氣，酧恩也敢舞當場。

昭和十五年　西元一九四零

烹經

千篇已熟大儒宗，鼎鼐何人一意鎔。秦火無靈詩有味，青燈窗下熱心儂。

和夢酣社兄感詠韵四首

鐵筆無私憶董生，不平人擊鼓齊鳴。世間大智成愚魯，愚魯何妨勒盛名。

關心致富徙三無，待看門垂柳五株。自古生財憑大道，錙銖必較屬粗夫。

全憑慧眼賦歸來，稚子門前笑口開。退食自公天樂事，蕭墻不管有餘哀。

不同藏劍不言中，褒貶公然吐氣雄。志小榮華終是夢，逍遙莫問老漁翁。

桃花面

施粉施朱一例勻，紅腮素頰武陵春。天台色采痴情漢，古渡顏容醉美人。笑向門中崔護恨，魂銷扉底陸遊神。丰姿穠艷東風識，豈獨妖姬點絳唇。

清敦社兄邀飲賦謝次鄭文治韻

花徑相將屐齒臨，交從翰墨覺情深。垣名護德同瞻仰，樓號師元共詠吟。醉易買難今日酒，謙持滿戒古人箴。時時省察兼存養，治學先期正此心。

附鄭文治清敦社兄邀飲賦謝

師元樓上喜登臨，對榻歡談入夜深。酒勸觴傾謀客醉，時逢興發共君吟。交朋輒見成三益，處世常談當四箴。久矣桑榆推重望，老來義舉尚關心。

酒　痕

檢點青衫跡淺深，醇醪沉醉美人心。杭州香滴江州淚，兩様離情在滿襟。

昭和十六年　西元一九四一

閒　談培文書閣小集得豪韻

喻今汲古說滔滔，笑語聲連怪語豪。半是消愁偷半日，三餘奚礙晏三篙。風流畢竟緣詩酒，月旦原非弄筆刀。一例吹噓春氣象，天花墜映武陵桃。

附鄭文治閒談　培文書閣小集得歌韻

客臨小閣話婆娑，座上憑誰弄舌多。說到滑稽皆柏案，傳言笑柄似懸河。是非勿論人長短，物理難推意若何。不厭無聊消半日，且將風月助吟哦。

春　雨

潤物瀟瀟下，江南客思生。桃花滋粉膩，屐齒印泥輕。水漲侵秧馬，絲纏擲柳鶯。小樓魂欲斷，側耳聽淒清。

詩　味

覓句艱難白戰開，新嘗如蔗費敲推。香飄齒外吟龍唾，氣動心中吐鳳才。五字纔知清淡好，長編易識苦甘來。不彈古調思雞肋，猶向騷壇試幾回。

畫蟹

潑墨描公子，揮毫憶聖賢。橫行潛紙上，退止處泥邊。免管愁多腳，蟳形惹比肩。雙螯思酒後，滿幅口流涎。

訪師元樓主人

陌阡南北路了叉，雨後遊情興倍加。愧我麝煤無半點，羨他兔穎突雙家。春天暢飲瑞光酒，心地欣開喜氣花。入夜吟聲窗外響，蘆洲月色欲西斜。

附師元樓席上聯吟

主人雅意感慇懃（鄭文治），醇酒爭教飲十分（李慶賢）。醉賞鷺洲江畔月（黃景南），幻看蜃市水邊雲（王天奎）。吟詩最愛春光好（高文淵），弄笛何來子夜聞（黃笑園）。飽德難忘牙齒惠（　定藏），相披肝膽共論文（林清敦）。

婚牘

伉儷天生妙決裁，任他韋固閱由來。更須一下鴛鴦牒，纔得雙交琥珀杯。月老如何忘自檢，冰人不解為誰媒。世間緣組明今日，藉稿都從此脫胎。

昭和十七年　西元一九四二

春日遊頭圍席上呈莊芳池先生

蘭陽聞説風光好，人傑咸知得地靈。旭日同披心是赤，春楊已茁眼垂青。濛濛霧散三貂嶺，密密煙炊四腳亭。一醉頭圍名士意，海棠花下酒初醒。

次清敦先生韻

尋春春好曉天晴，意外心同計遠行。忽憶頭圍詩將在，下車來探舊鷗盟。

附林清敦春日遊頭圍席上呈黃振芳先生

旭旦初開喜弄晴，相將遊屐踏春行。輕車重過頭圍日，來訪登瀛鷗鷺盟。

附黃振芳次清敦先生韻

簷前喜雀弄春晴，融雪何妨敝履行。好是文星照蘭邑，更蒙不忘舊詩盟。

青　眉

蛾彎老我白如塩，柳色無情一笑添。有女懷春揚吐氣，遙峰螺黛媚雙尖。

昭和十八年　西元一九四三

席上賦呈碧潭吟社諸先生

吟旌飄動颺東風，筆氣沖騰到太空。日影斜明新店外，缽聲響徹碧潭中。逢春草木多情甚，入畫山川逸興同。一路詩懷鶯燕助，緣深翰墨感無窮。

敬步純青先生春興瑤韻

欲訪宮前處士家，聽鶯一路曉煙賒。遙瞻高閣飛雲影，最愛沿堤茁柳芽。斗酒興添芳草外，劍潭潮急錦帆斜。天寒知有屯山雪，迫放晴園綠萼花。

民國三十八年　西元一九四九

戲鼓聲

鼕鼕響處譜西皮，古調梨園唱竹枝。應愛人痴新劇好，三撾急煞隔鄰兒。

和笑岩懷舊感作

翻雲覆手笑情無，割據東南各守株。白首相知人幾許，渭川問答有樵夫。

附林笑岩懷舊感作

淡交數載是非無，老圃栽柑八百株。處世人須防不測，莫將成敗笑愚夫。

過年梅

臘鼓聲中破萼遲，羅浮夢斷已多時。逋仙老去冰魂在，數點寒香伴祭詩。

蛛網

牽絲簷角晚來舒，八卦張羅自隱居。萬目齊開人海外，狂蜂浪蝶盡收除。

從軍女

徵令傳來喚小姑，冰肌熱血勝眉鬚。人權自覺爭平等，參戰何妨未嫁夫。

民國四十年　西元一九五一

樹下聽鶯

出谷金衣舞曉風，踏青人倚綠陰欉。笙簧柳外多情舌，入耳銷魂斗酒中。

柳　風

多情嫋嫋舞千絲，難得垂青顧盼時。一片恩深君子德，灞橋飄動展春眉。

帆　影

飽受秋風映水明，牙檣無恙半斜傾。可憐天際歸舟急，一片遙牽萬里情。

民國四十一年　西元一九五二

諸葛扇

不似桃花畫放翁，羽翎編製自隆中。祁山六出輕搖去，司馬魂銷一柄風。

題八仙圖

鍾離嗤大腹，鐵拐孰平肩。寶劍純陽佩，烟霞果老眠。名誇曹國舅，貌羨采和仙。湘子千秋雪，何姑一朵蓮。

民國四十二年　西元一九五三

敬和述三夫子癸巳元旦瑤韻

拜年最喜雨初晴，曉望曈曈欲啓行。後院燕鶯長舌鼓，滿庭桃李盡含英。香花禮佛迎春祚，鐘鼓參禪得意清。悟道幾時登道岸，且將爆竹試三聲。

懷林老師

迪化街頭路未遙，泥人渴望欲心焦。杏壇牆仞頻瞻仰，苜蓿闌干長寂寥。獸炭烹茶添刻刻，蛛絲結網掃朝朝，幽居陋巷因貧樂，眼肯垂青飲一瓢。

草廬消夏

猗猗菉竹映茅檐，捲暑清風入夜添。草廬歸耕欣豹隱，芸窗讀易卜龍潛。三更燈火談棋局，滿座詩人食筍纖。莫管炎威心自冷，半鈎涼月照湘簾。

雙　燕

裁花玉剪勢相同，對語情溫故壘巾。一例唱隨夫婦好，呢喃猶帶謝家風。

和雪峰遊江感懷韻

棹擊空明興不迷，一帆秋水荻蘆萋。雲波織錦懷銀漢，雪浪湔裙憶玉溪。曾看往來名士鯽，未聞啼笑小兒鯢。潯陽淚洒青衫客，聽到琵琶首即低。

和雪峰春行韻

攜笻閒步趁初晴，三月風光一片明。寺遠杵敲鐘有訊，潭空劍化水無情。穿簾玉剪裁花燕，織錦金梭擲柳鶯。十里襟懷詩思好，漁謳猶唱隔江聲。

民國四十三年　西元一九五四

和笑岩處三重鎮感作韻

隔斷迢遙碧水渠，多情猶憶讀詩書。來尋小徑陶潛隱，不羨高樓謝眺居。鳳亦雙棲軒律好，龍堪一躍禹門餘。人生損益為三友，白首相知有幾余。

春　泥

斷人魂是杏花天，十里黏淤我亦憐。難起東山雙屐濘，欲封函谷一丸填。蜾蠃運去營房固，燕子銜來築壘堅。為愛尋芳愁徑滑，阿儂無奈幾回顛。

春酒

飛觴月下感年華，稍向東風賦八叉。卻似鎬京當日宴，昇平一曲醉流霞。

乳峰

尖巒對峙聳胸膛，艷説鷄頭肉軟香。莫問楊妃訶子事，迷雲深鎖醉三郎。

劍潭夕照

流霞瀲灩釣船還，迂谷文光燦浪間。千尺龍喉通古渡，一輪鴉背映圓山。虹橋瘦影沉江曲，螺髻微痕湧水灣。落日空餘相對笑，當時神社見紅顏。

畫松

大夫勁節墨痕深，翠影丰姿冠古今。添得梅妻君子竹，繪他三友歲寒心。

民國四十四年　西元一九五五

瘦菊

寒英晚節放東籬，豔影纖纖妒柳枝。莫笑凌霜羸傲骨，偏教彭澤惹情癡。

香魂

幽魂一縷倩誰招，花氣熏人膽氣銷。環珮有聲歸漢恨，君王夢裏舞纖腰。

中華詩苑發刊題詞

中興文藝豈尋常，華彩千秋漢墨香。詩壘如今成鼎足，苑花艷放共爭光。

和笑岩旅懷即事韻

低頭思鄉髮皤皤，恨我難將鐵硯磨。白雪詩吟情未了，黃粱夢醒意如何。馬蹄陳跡關山遍，鴻爪留痕歲月過。王粲才高人不用，趨炎卻怪世間多。

松鶴吟社二十週年紀念

揚風扢雅繼前賢，稻市猶添缽韻傳。舒捲有聲詩幟艷，磋磨應夢筆花妍。驪珠句索遊春日，琥珀杯飛醉暮天。觸我吟情懷獻瑞，當時亦是酒中仙。

春　筍 松鶴吟社二十週年紀念擊缽吟會

簇出瀟湘雨後生，東風得地聽雷鳴。龍孫抱有凌雲節，鳳尾精神掃太清。

捲籟軒雅集

茅舍書齋爽氣清，相逢一笑白頭驚。問年同是知天命，淡北吟朋最有情。

祝國裕社友新婚

石上三生有果因，良緣自古說朱陳。絲蘿意託乘龍女，簫管聲吹跨鳳人。陋巷月明雙艷影，深閨花麗倍清神。鴛鴦枕畔迴眸笑，鶼鴿盆中戲水親。卻羨桃夭呈秀色，也如柳細展輕顰。屏間雀目憑開射，鏡裏蛾眉待畫頻。宜室宜家聽喜鵲，同心同夢兆祥麟。從茲琴瑟和鳴日，曲奏高堂富貴春。

和作梅先生卜居瑤韻

其一

謙謙君子賦蝸廬，卻羨家風五柳居。駿業可欽申賀燕，龍門不愧躍登魚。美輪瑞氣臻高第，彩筆文光射太虛。深巷猶能先得月，紗窗伴汝讀詩書。

其二

滿庭蘭桂動芬馨，不啻游鯤振北冥。月榭玲瓏詩可頌，雲箋燦爛筆堪銘。多時企仰揚眉白，幾度叨垂顧眼青。藝苑從茲騷客盛，敲金刻玉響牕櫺。

附張作梅卜居二首

敢云靖節愛吾廬，且與靈均議卜居。聽雨但移前歲樹，跳波還種舊時魚。身如風翼今初定，心比霜筠不凝虛。卻喜巷深車馬少，焚香親手補楹書。

案上瓶花發古馨，蘭齋客散思冥冥。偶聽風笛樓初倚，試展霜毫室可銘。舊夢已沉三徑遠，閒宵猶領一燈青。面城恰稱幽人宅，萬綠如潮漲畫櫺。

遊月宮

千古風流說李唐，廣寒不鎖任觀光。如今科學文明日，欲借飛機探一場。

漁唱

扣舷擊棹逐秋波，恍聽江干一曲歌。郎喜得魚儂補網，聲聲互答意如何。

待月

舉頭望斷廣寒宮，幾度徘徊興不窮。鯨飲成三宜對影，西廂人醉小樓東。

秋痕

水共長天色，清光絕片雲。微生涼枕簟，薄混濕衣裙。鳥篆湖沙字，蟲書柳葉文。菊殘梧亦老，疏影對斜曛。

釣竿

立住蜻蜓竹節長，垂絲斜插水雲鄉。倘教持向磻溪去，不拂珊瑚拂玉璜。

補壁

家徒四立亦堪悲，穴隙難平費苦思。卻似寒儒修破衲，糊塗貼紙厚顏皮。

琴

瑟和聲聲古調奇，求凰一曲美人癡。吾心逸似焦桐響，不獨知音有子期。

曉　霜

遍留人跡板橋南，茅店雞聲月色參。太息伯奇晨踐履，襟寒指冷總難堪。

民國四十五年　西元一九五六

藺相如

端教仰慕有長卿，為趙何關惜此生。擊璧秦庭完璧計，千秋美譽價連城。

項　羽

英雄逐鹿志亡秦，虎帳悲風哭美人。四面楚歌騅不逝，頭顱枉贈漢功臣。

伍　員

簫聲雪恨吹吳市，劍氣光芒滅楚才。太息忠魂雙眼在，忍看勾踐入城來。

行腳僧

名山踏盡尋蕭寺，遠道修來見佛心。莫詡錫飛超苦海，空門步步等雲深。

紅　梅

錯認櫻桃放早春，南枝艷態露朱唇。芳心尚守林逋節，暈醉花容未嫁身。

曾炳元先生新居落成七旬榮慶

親朋祝嘏到華堂，美奐岑樓喜氣揚。逸士高風同謝眺，賢郎溫席效黃香。鶯遷大廈欣棲穩，鶴算無疆樂健康。恰好古稀桃獻壽，猶添燕賀共飛觴。

湘竹

勁節長存染淚珠，可憐哀怨憶蒼梧。有靈鼓瑟滄江上，一片斑斑泣帝虞。

船影

浮沉鷁首綠波涵，雙槳秋痕印碧潭。絕好米家書畫舫，一帆斜照月初三。

柳風

微漾隋堤著意吹，垂青偏愛舞腰時。可憐漂泊章臺畔，少女情牽萬縷思。

春風

嫣紅淡蕩醉輕煙，瀟洒吟懷亦快然。習習波橫桃葉渡，微微雨散杏花天。吹來擲柳鶯梭弄，送去銜泥燕剪翩。廿四頻來消息好，昇平一曲樂新年。

寒江

閒來釣雪是何人，觸我臨流感慨頻。墮指冽膚如苦海，濯纓濯足更傷神。

苦吟

覓句心情亦似酣，推敲月下並佳談。老儒幾撚髭鬚斷，一字難成太不甘。

酒癖

典衣買醉散愁魔，飲到酣時百態多。白也稱仙伶是鬼，酩然沉湎在南柯。

秧針

青凌排插滿春田，稚子敲鉤見亦憐。刺破蓑衣思補衮，霏霏雨線恨難穿。

落日放船好聯句

奇數句林笑岩作　偶數句黃笑園作

夕陽斜照蕩輕舟，萬頃煙波任去流。桂棹頻搖情亦雅，虹橋倒映意偏幽。飄然一葦懷蘇子，泛盡三江訪許由。綠水無痕天際渺，青山有色眼中收。載將明月虛空浸，領略清風徹夜遊。曲岸幾疑桃葉渡，平沙又見蓼花洲。篷窗露冷隨潮急，銀漢星寒逐浪浮。擬向津頭沽酒飲，停橈共醉樂悠悠。

初蟬

潛藏薄翼柳陰迷，纔聽新聲費品題。心鏡有靈齊女怨，不平鳴在日斜西。

情味

絲牽兒女感難除，甘苦難忘割愛初。太息易牙調未得，溫柔香淡不聞渠。

林獻堂先生輓詞

烈烈忠誠錦繡胸，臺澎文化大儒宗。一生鼓吹興民族，千載英靈耀霧峰。

腳花

踏踏歌催放自娛，繽紛幾朵鳳鞋趨。即今猶憶潘妃步，足下生蓮嘆世無。

詠臺省橫貫公路興工

鯤身鑿斷萬山開，合作軍民踴躍來。他日交通西顧便，繁華市結到東臺。

早荷

初出淤泥意氣揚，惹人夏賞到銀塘。芳心不負同西子，笑面先開似六郎。綠葉迎風驚翡翠，青錢貼水隱鴛鴦。何來越女歌聲唱，一曲相憐露艷粧。

一丈紅

十尺芳姿妒曉霞，殘春矗立影丫叉。凌雲綠背鴛鴦葉，含露丹心姊妹花。小萼猶能留去蝶，高枝不許宿歸鴉。昂頭艷絕臙脂色，抱膝應羞富貴誇。

肥皂

油脂化製洗衣裳，骸垢猶憑浴一場。恰與湯盤新日日，雪波滾湧羨天香。

驅蚊債

飛來吸血作充飢，拂逐煩卿麈尾持。只恐難長皮肉賬，催郎急下合歡帷。

睡魔

容易迷人入夢餘，稱王獨占黑甜居。降他有杵都無法，醒眼機靈未及余。

心鏡

靈臺長掛本天真，況似菱花寄此身。如許清明同止水，羨他皎潔絕纖塵。俗情不忿光難滅，世事多磨日益新。笑殺吾人忘自照，一生肝膽鑒來因。

哭林述三夫子

芻香一束哭先生，淚洒靈前痛別情。急似王喬歸駕鶴，追隨李白去騎鯨。詩書滿腹揚天籟，道德盈門燦管城。回憶笑岩同立雪，恩深塵尾拂三更。

竹影

當窓篩月个離離，為報平安匝地施。省識七賢遺跡在，清陰林外鳳來儀。

乳罩

訶子留芳不可論，雞頭肉覆見銷魂。酥胸聳出疑雲岫，為蔽安兒指爪痕。

雷達站

設備防空國境臨，陰陽電示感人深。軍情佈置連環壘，暗襲飛機豈易侵。

荷池

翠疊銀塘花未放，青浮玉井影平鋪。鴛鴦交頸魚游戲，賞色吳娃感有無。

民國四十六年　西元一九五七

菜　花

翠莖青甲滿前村，艷放濛濛向小園。恥與牡丹爭富貴，一生甘苦芥生孫。

劍潭春泛

太古巢邊碧四圍，煙波滿艇樂忘機。美人水濺紅裙濕，名士風流白髮微。一棹龍喉依曲岸，半帆鷁首送斜暉。興酣欲逐桃花浪，雞籠河頭未忍歸。

瓶　花

案頭斜插暗香飄，潤色全憑碧水饒。莫恨玻璃容器小，芳心守口老來嬌。

丁酉詩人節前一日應社招宴

驅車定寨綠莊前，覽勝人來夕照天。舌東欣頒陪末席，羽觴喜共醉華筵。論交翰墨情偏雅，耀采衣冠愧溷賢。今夜盡歡明午節，磺溪濟濟會群仙。

午日登八卦山丁酉詩人節全國聯吟大會

端陽佳節感題詩，騷客來登定寨時。萬户煙浮炊角黍，長天晴放採靈芝。帆飛鹿港歸潮急，月掛豐亭宿鳥遲。悵觸英雄曾抗日，青峰熱血跡堪悲。

哀悼纘祥先生

結契吟壇博以文，登瀛痛失老將軍。傷心不盡騷人淚，洒向蘭陽哭史雲。

和萬傳五十初度瑤韻

待須紅柬感迂迴，漫説胸懷意蕊開。甚欲獻桃攜酒去，恐驚賞菊舉杯來。蓴鱸雅味欣君佔，文字交遊愧我陪。千古郇廚空自美，幾人嘗得快心哉。

紅螺酒飲露聲殘，一醉應教覓句難。食有豚蹄開口笑，事無雞肋得心安。筵中人愛麻姑麗，天下誰憐范叔寒。樂趣香山佳話在，莫將九老等閒看。

編按：原和八首，錄其二、其八。

原子爐

活火包藏小器堅，免煨榾柮與煤煙。煉丹八卦無顏色，卻遜烹煎熱自然。

敬謝賈景老先生惠賜墨寶

一字千金豈易求，揮毫落紙似銀鉤。天生柳骨精神健，體勝顏筋氣魄留。墨寶瑩瑩題匾面，書香郁郁掛齋頭。從茲捲籟增聲價，大雅文章孰與儔。

陽明山觀櫻

賞色人來日未曛，驅車欣見放紛紛。竹湖壓雪寒三月，紗帽簪花景十分。紅蕊猶懷樊素口，綠枝含妒麗華裙。豈殊漢苑開穠艷，博得天恩燦爛芬。

歸燕次植夫君韻

海上榮旋著錦衣，呢喃猶説故情違。梁間舊壘還思補，柳外新泥已覓歸。堪嘆樓空闕室渺，忍看巷廢謝家非。小簷從此雙棲穩，得意穿簾舞曉暉。

附周植夫歸燕

年來漂泊感烏衣，回首雕樑願總違。五夜東風愁裡別，六朝春色夢中歸。西園林木巢堪壘，南國都城景已非。莫問舊時王謝宅，綠楊巷口又斜暉。

舍利子

佛骨瑩瑩結淨因，沙門五彩艷天真。分明道果千秋在，燦爛如珠歷劫塵。

晚　菊

三徑遲培養，重陽負賞吟。傲霜枝似鐵，含露蕊浮金。景與桑榆鬪，香隨歲月深。休嫌開老圃，獨自殿芳心。

養　菊

分栽也有陶公癖，待嚼寧無屈子情。隱逸花同人隱逸，相看畢竟是同盟。

淡江晚眺

洋洋一片接天空，破浪雄心感不窮。和尚港分秋水白，觀音山掛夕陽紅。歸帆遠送漁歌韻，去雁長隨牧笛風。立馬踟躕關渡口，神州遙望暮煙中。

朝曦

曈曈破曉浴咸池，現出扶桑氣象奇。早晤陽光明大道，普天照遍總無私。

蝴蝶蘭 淡北吟社三十五週年紀念大會

含羞九畹博虛名，翠葉相當味亦清。最愛花容翻粉翅，何堪根露茁瓊莖。滕王妙筆描無分，屈子憐香別有情。幾嘆猗猗空谷裡，莊周欲擾夢難成。

春痕

桃陰李影看何在，柳巷花村認已遙。莫問揚州留片恨，狂吟杜牧也魂銷。

民國四十七年　西元一九五八

柳線

萬縷隋堤畔，牽情一色青。兒心思補衮，母指感縫經。恐貫鶯梭眼，偏裁燕剪翎。絲絲孤客恨，別緒繫長亭。

新蝶

栩栩纔看舞翅頻，偷香未慣亦傷神。風流捉粉唐宮日，奢侈塗金漢殿春。最愛滕王揮妙筆，可憐莊叟是前身。癡心欲向花房宿，生恐狂蜂步後塵。

柳　影

章台豔跡舞春風，絮絮多情似爪鴻。一片婆娑牽別恨，隋堤幻兆六朝空。

枕頭絃

夜臥輕彈側耳邊，美人情緒更纏綿。奏來醋海興波調，任是梟雄亦不眠。

泛日月潭

天開寶鏡耀鯤身，璧合空潭淨劫塵。日月浮沉雙槳影，乾坤浩蕩一詩人。光華島繫蘭舟晚，涵碧樓飄酒幟春。半夜杵歌舷外落，夢魂疑在五湖濱。

醉花朝

開筵酌酒慶芳辰，姹紫嫣紅喜仲春。一飲如泥卿莫笑，憐香多少有情人。

春　眠

東風暖送漏聲稀，寤寐何關曙色微。姊妹花香飄綉閣，雌雄蝶夢入羅幃。一杯宿酒消愁慮，半榻閒情悟是非。韻事難忘桃葉舍，醒來猶自戀依依。

晴　煙

淡薄浮華氣，青天遠望迷。曉風吹不散，深鎖綠楊隄。

掃墓節

持牲載酒各殷勤，上塚清明祭古墳。太息賢愚青草壘，遺香遺臭總無聞。

義　犬

猛吠桃源夕照天，功能守夜惜烹煎。寄聲燕市諸屠狗，莫把羊頭更再懸。

冰　箱

冷氣包藏固四周，魚蝦久貯亦無愁。個中別有清涼味，沁我吟懷麥酒投。

待　穫

筆耕終日感難禁，望到遲遲月杪臨。愧我硯田紅米戾，幾時能快老儒心。

話　舊

剪燭西窗下，傾心語更紛。鴻才談到武，駿采振斯文。吐露憑三寸，投機已十分。交情懷總角，惟有不忘君。

蕉窗聽雨

葉戰甘霖急，愁人入耳深。夢中曾覆鹿，牖下似聞琴。剪燭三更夜，銷魂一卷心。淋漓風雅韻，綠扇少知音。

岫雲

輕浮莫笑出層嵬，直欲從龍得快哉。任向西風飛五朵，不隨神女亂陽臺。

獻瑞十週年忌辰作

隔斷陰陽痛十秋，一杯啤酒一生愁。當時擊鉢開筵日，飲似劉伶感不休。

和文虎兄逭暑倒疊瑤韻

故人臨陋室，煮茗論千言。熱借蒲葵扇，涼開竹葉樽。風塵都不管，世事豈須煩。剪燭三更到，敲詩一字尊。交游甜若蜜，結契性如坤。鼓吹文章盛，何嫌翰墨繁。筆耕閒歲月，柳插憶鄉邨。兔影離離靜，蟲聲唧唧喧。相憐同白首，莫笑異朱門。最好逢秋節，重來賞菊園。

和華堤兄伉儷花甲雙壽瑤韻

長生真訣得於茅，能曠襟懷喜締交。久仰才高龍臥洞，双棲恩重燕居巢。羞無祝嘏安期棗，喜有吟風孔子匏。弧帨並懸花甲日，稱觴亨吉地天爻。

詩城

長歌短賦自吟填，鞏護騷壇築壘堅。縱有通關雞犬輩，難將五字女牆穿。

斗室

繩樞甕牖枕書眠，湫隘幽居似謫仙。處世何愁容膝小，高樓易主看年年。

觀竹

干霄氣節本天真，翠影梢梳歷劫塵。看到斑斑空有淚，瀟湘弔古最傷神。

觀竹

鄧林嶰谷辨難真，翠葉搖風倍爽神。省識虛心欣得地，龍孫猶見出頭新。

卷二　唐羽詩文選

卷二　唐羽詩文選

詩選

丙寅人日曉齋夫子招讌應節即席賦呈二首

春水泓澄燦麗天，南枝點點映吟筵。鬣江共迓荊時節，蘭室新看楚俗篇。卅載論交師亦友，一樽暢叙聖和賢。平生折句慚疏學，聊詠巴詞結勝緣。

旖旎靈辰萬象妍，樓登懷德共攤箋。裁金剪綵迎佳節，澆塊高談晤宿賢。詩寄草堂思子美，觴飛碧月效青蓮。相期雅會年年繼，藉契苔岑翰墨緣。

是日，雨港　陳曉齋夫子設午讌酺觴于同埠上廚龍鳳廳，雅叙話舊。其先於除夕之日，飛柬招飲，因託末契。座上者：周植夫、陳兆康、魏仁德、蔣夢龍、悉雨港文圃之聞達。次則夫子族侄祥燭、燭弟祥聲、聲從弟祥雲與諸郎青巒、青坡；彤家黃祖胤諸君子。而燭聲昆仲為儒賈故陳仲璞先生哲嗣，俱貿遷穩健之士；青坡畢業文大國文學系，亦吾輩後起之秀也。竝志之。

大平行觀荒田有感

途自大溪崔崒行、忽逢阡陌地堦平。谿流清可觀魚躍、山壑寂寥絕鳥聲。鶯嶺連峰留北勢，豹潭飛瀑逐前程。時人苧立三分二，歎嗟疇田任廢畊。

乙酉冬日觀選戰有感

蒼苔掩地六經秋，雲翳猶深難卻愁。此日曙光初見露，河山收拾待從頭。

迎張炎憲道兄自國史館長榮退戊子立夏

八年右史破堅冰，卷上風雲見休徵。藏得鋒鋩春又在，穿經馳騁有良朋。

己丑人日登劍潭山戚然時政

丑年人日入山深，回顧稻江猶滯陰。遠處樓顛雖聳擢，近丘樹杪卻浮沉。漢唐盛世非難事，蕭馬經邦出眾欽。我盼朝陽催曉急，好邀知友放吭吟。

聆姚啓甲詞兄評史有感己丑春日

千年史炬失光華，叔世馬班多怨嗟。更訾詩翁無史識，未疑識史落姚家。

乙丑五月應澹廬諸友邀偕遊宜蘭鑑湖堂觀揮毫

海國柔陽蒲月天，驅車洞越雪山巔。澹廬薈萃右軍筆，湖畔攤開玉版箋。附驥儒生追雅事，點龍君子結吟緣。如夢憶昔蘭亭會，何若今朝吮墨篇。

重遊三貂登大平寄簡華祥區長

戊寅修志為前題，跨越重山覓徑蹊。乍見三貂多嶂嶺，更嘆二水別東西。平原落脈斯文蔚，大澤藏英傑士齊。天意桃源稱美境，于今翻歎絕耕犂。

己丑臘鼓憶與詹素娟老妹同列松山區志審查委員聆其針砭之論

擒葭俯邇冠群倫，著述連篇悉巨論。更見諮諏居議席，史評娟秀特清真。

敬和黌江古槐軒主王祁民詞兄八帙自述原韵二首有序

老友王前，字祁民，基隆之產也。風姿逸麗，魁梧其表，且擅詠而善論，騷壇俊傑焉。余與識荊甲子、乙丑間；爾後，引為文林知己，或過從吟詠之際，或並遊堪巖之境，論時事、評時政，迺及詩詞，迄于競飲，而友陳兆康、邱天來、蔣孟樑伉儷，成莫逆之交也。余拙於詩而專治史，斯其成同氣者，亦以諸君之長，有裨拙作之短歟！今夏六月，傳統詩學會有集頭城烏石港，君以在會而余忝為蘭陽遊子，愛邀觀其盛，竝遇會上。閒談之餘，君袖其八秩自述二首示之。君斯二詩，憶生涯，述際遇，謙恭之咏，實事之紀也。且知，君將為懸弧之慶焉。余既讀之，知君如余，可無片言之綴，以應之乎。因其作，和其韵，賀之如次：

騷人篤定苦吟身，翰墨生涯長煦春。煮酒持蟹何所欲，藏經熟典未稱貧。柳韓顛沛難違命，李杜流離更率真。七尺之形求不朽，勤留篇籍最堪親。

世路多歧難預謀，期頤歲月托神庥。向平願了吟情逸，王粲才豪琢句幽。南北竭來非眷戀，風騷傳授應人求。縱然伉儷謙為守，九域攤開盼爾遊。

附王祁民詞兄原玉八秩自述二首

生來失怙一勞身，天眷庸才八十春。處世無虧惟守分，平居自許尚安貧。艱屯苦困歸時命，耿直襟懷抱性真。但願兒孫多節勵，家聲重振慰慈親。

風雨平生活計謀，齡登耄耋感天庥。完成婚嫁吟心逸，閒檢詩書藻思幽。垂老胸懷何所戀，與妻溫飽已無求。囊探細算餘錢幾，買酒看山處處遊。

觀選戰有感

宣和遺事使人愁，政客呼風出蜃樓。試玉辨才君須記，新朋舊黨貉同坵。

預瀛社例會擬作草嶺古道

片片芒原陵谷間，亂堦行盡俯蘭灣。摩崖一書驅濛霧，鞭石竝行傳險關。曩日迴峰三宿旅，今朝鑿隧一餐還。遊人登臨尋遺跡，龜嶼浮沉認仰山。

贈劍潭山友情嶺主林庭水伉儷 辛卯秋月

林間雅士真君子，庭樹崢嶸偉丈夫。水德勤脩承宿世，能招棲鳳是高梧。

辛卯夏日訪友三貂

亂山行盡抵三貂，溪澗源頭隱寂寥。閬苑高樓屏嶂起，白雲深處有朋邀。

雞籠訪王祁民洽事有感

雞籠舊迹事紛紜，釁嶼凝烟豈皒聞。海上由來多驟雨，江烟起處滿疑雲。

辛卯秋月二訪雨港為魯仲不成

半月沉江因異聞，殊觀未覬志先傷。舟行海上多風雨，雨港從茲通大洋。

《淡水廳志》云：「淡北外八景：（有）半月沉江。」雖未列雞籠八景之一，余疑其所指在雞籠內港也。

辛卯十月賀山人居李氏詩書墻落成

貂嶺中停遠市闤，碑林去此隔重關。今朝喜覬詩牆立，堪比西安置此間。

敬和許哲雄詞長出主瀛社謙詠原韻乙首

天教大任士人扶，趫捷詞華寧武夫。叔重通經雖代遠，仲先傳韵豈云無。西疆自昔藏宛馬，北海何曾見浦珠。螳臂時來超斧鉞，毋庸謙過儆砭膚。

賀立夫詞長主講松山社大竝立吟社

錫江庠序續傳詩，尋得桃源豎一旗。始信塵寰多勝境，輕肩拂卻哮囂時。

賀基隆詩學研究會重興社務

長年紺雪掛雲峰，今日雞籠破凍封。吟旆飈揚高樹杪，朝暾依舊絢蔥蘢。

難掩汗顏敬呈尹總裁衍樑學兄

鶺鴒衰老忍遲疑，衹為雛兒覓一枝。舐犢老牛情亦此，坦懷君子莫譏癡。

壬辰初夏政逢亂漫閱報讀趙藤雄先生發飆

遠圖府邇冠瀛東，肇創新機登泰嵩。猶敢諍言飆為國，君家不媿是商雄。

文選

瑣記類

君子漁

古之漁，曰釣、曰射、曰羅、曰罩、曰䍅、曰罟、曰整罾、曰造枅，皆獲魚之方耶。釣、射，漁之風雅也；羅、罩，漁之解饞也；䍅、罟，漁之易貨也；整罾、造枅，漁之圖暴利也。大雅高士，非釣則射，餘不與焉。

今則非，有電而漁、有毒而漁，其法之害，甚乎竭澤，亟使魚盡而後歇手，是漁之大惡者，法所約禁，君子不取焉。

余友吳子善漁魚，其取也非釣、非射、非羅、非罩、非罟、非䍅、非整罾、非造枅，更不以電、毒而漁，而別樹一格，名之曰「逐」。視其具，網不過碗口粗大，細絲結之，口鉗銅環，柄以三尺之竹，運用輕便，操之靈活，俗云蝦網者是也。日暮，跣足臨溪，握燈沿岸，將子而歸，豐時，屢屢滿筐，斂亦一、二斤。多石斑、溪哥、苦花、石鮎、香魚之類。蓋藉一燈之光，逐魚淺瀨芹藻之澗，疾水湍流之灘，仗手足之敏，捷之於魚，翻網覆之，藝精取勝，碩大肥魚，亦為羅焉。

魚，水族之善游者，湍瀧洶淵，躍則騰波，跳則翻澗，如鳶戾天，翺翔來去，射之且不得，況乎覆之。余數傚之，終無所得，而吳子漁之如此。尤以其子名健勝者，身手之矯健，青出於藍，而勝於藍，其漁，三不捕：棲魚不下網，鈍魚不追捕、蝦蟹不屑顧，必也游疾如矢，來去迅速，始列獵的。述而云：「子釣而不網，弋不射宿。」此君子之漁獵。網者，大繩屬網，橫流斷漁；射宿者，矢飛鳥之夜棲也，夫子兩不取焉，是以君子尚之。然釣者，猶須香餌設陷，誘魚上鈎，從容釣之，亦以權術愚魚。棲魚，棲則瀨上；魚之棲，猶鳥之宿，吳子悉不與焉，擇善固執，漁必以逐，是余無以名之，乃曰：「君子漁」。

君子漁，世之圭臬也。世之人，若皆遵此圭臬，公平而漁，藝以勝之，則術數摒除，巧詐消迹，其爭也君子，取勝憑技，奪魁仗本，上下皆治，刑名，豈非東諸高閣而何。

然今之人，君子幾何，甘冒不韙，偽善充塞，巧言獲益，陷餌媚人，誘君入彀，上而為士、中而為商、下及販夫、走卒，奸佞當道，狐媚惑性，不同流，亦合污，大率尚焉。夫仲尼倡君子之道，相去二千年已耳，於史非遠。仲尼之倡，起自齊、魯之邦中國土產耳，何君子之式微如此。甚矣者，君子中之君子，騷人擊鉢、吟咏角逐，文藝競賽、雕蟲消遣之技，主評者，名次尚有內定云云，何君子之道，衰也若此。

吳子之漁，君子行也；見其行，窺知其性，余獨愛之。吳子邑之文山人，欽奉其名，有子三，長健勝，仲純堅、季宗龍，純堅亦君子捕之健者，業醫。吳子一家，善漁魚而不嗜魚，余嗜魚而不善漁，緣結忘年交，亦以吳子之長，補余之短歟。逐溪漁魚，相從行之，靡他，饞魚也。

呼蛇

嘗讀説部逍遣之作，每言深山大澤，異人居之，潛修方術，一簫在握，能呼來群蛇，驅之、使之、惟君子不取焉。然世之大，方伎異傳，固具其倫也。

癸未之歲，東亞大戰方熾，後方食用俱缺。余年幼，寄食戚家，姨母丈，日麻布獸醫之出，營農莊于去金瓜石六里哩咾山上，開山墾耕，種豆、薯、瓜、蔬之屬，畜則猪、兔、雞、鴨成群，佃工十餘，且有煤坑之利出焉。雖兵燹之秋，無斷糧之虞也。是莊上往來，多江湖異客，懷技無常之士，斗酒塊肉，一時猶樂土耳。

初，日人以軍需之急，倡植蕗藤，為染征衣必備。客有自後山「蕃地」至者，善植是草，乃與莊上約，得利均分。未及半載，賓主情趨傾蓋。客以山上鴨食甚多，如挖塘飼鴨，其占大利云云。議於父，父初甚疑，客復以鴨苗之資，若有下落，食則勿用慮也。附耳具言，如此如此。父始俯允，迅令開池引水，次令人急之蘭陽，孵小鴨數百，來莊飼之。

鴨苗初餵以蚯蚓，與日成長，及匝月，翅羽之初豐也，客則捕來蛇虺，斵而碎之，和糠為飼，鴨相競食，未月，而軀碩肥壯。

蛇，人忌之最也，偶遇山野，毛骨悚然，避之惟恐不及，而山區是物之窩，類稱盛，客捕之，源源不竭，法固外人不得而知也。但見朝出，及晡而歸，獨自來去，有毒、無毒、黑者、白者，雌雄不論，俱在捕之。成袋待宰，混結成堆，昂首而馴，信吐而不猛，悉如嘗催眠者。群鴨以此腥葷為食，生長倍速，肥美可餐，輒令饕餮之徒，饞涎不已。

客之捕蛇，其法固密，而人越思窺之也。一日，父與客，宰鴨煮酒，酣飲之餘，父再纏求，乞開眼界。客難拗，允其請，惟嚴約者再，戒其覩不張聲，懼不得驚叫，匿不得走近，父一一遵之。至期，客攜父並出，途次，先擇闊大葉子，捲筒成笛，備二隻，形稍異。至山壑，擇一蔭蔽之處，遠有石岩。客先令父隱較距，使不擾法，約可探頭窺覘而已。次取出預藏布袋，袋口繫有活結，人蹲地，左手向內彎弧，圍執袋口，如滿月狀，袋成圓筒，利裝獵物也。左手持一鐵剪，口銜葉笛，備具始為吹，其聲淒厲，如鬼之泣，似魂之怨，刺人心脾。行有頃，前後左右，草叢微動，沙沙如有響。視之，則群蛇踵至，競望笛聲發處，距尺咫，驟然而止，扭腰擺動，紅信頻吐，隨曲上下，如醉焉！如癡焉！薰薰然，陶陶然，曲左傾左，曲右向右，數其類，有赤、有黑、有灰、有花，惡者、善者、有杯口大者，有指股細者，類參差，而舞齊一耳。

倏而客動右剪，拑蛇七寸，攫之左袋，直至群蛇已盡，擱剪抽繩，笛停，而群蛇悉作囊中獵物。既畢，復移地，如法再施，換笛以吹，其聲稍異，聞即雌雄以分也。

客之捕蛇，其法如此，而後碎之鴨腹，惟懷技不傳。然，時人保守，嘌食長蟲，緣及群鶩長成，或知之者裹足不前，其嗜蛇者，咸云物非凡品，泰然也。惟事聞之太夫人，居家而持齋者，乃飭止殺。合夥之事，至此而止，客旋他去，不知所終。

客不知何許人也，其名吳香茹，聞習技於異人，立有三誓，貧、殘、絕內占其一，是工輕易不得他授云。余及長，父屢為言當日之狀甚詳。余謂：客固哀矣，夫客處今日，蛇之毒者，往往非千金莫得，其馴善者，如錦、蚺之屬，亦斤稱百金，而求且不得，至若蝮虺之類，即其價論萬，客不富亦奇矣。既富，即何事不可迎刃而解也。諺云：時也，命也。而時為大，此客之云也。

遊記類

黃總大坪紀行民國六十五年

翡翠谷資料——北勢溪彙編

翡翠谷，位處新店溪水系之雙溪口；北勢溪下游。溪流之發源有二：一自北縣雙溪鄉與蘭縣頭城鎮交界，鶯子嶺之下；一自北縣坪林鄉南伸四堵山附近。二者俱滙雪山山脈西坡山水，東南運流，由此，流量豐沛，水質澄清，乃自民國六十九年由臺北市政府主持，於此興建大壩，命名翡翠谷水庫，藉以解決大臺北地區之嚴重水荒。

唯此水系之流路，皆處臺北市境外，故水系之流域，向被目為都市人假日登遊之勝地而外，其地之地理、歷史、風土以及先代墾民，「篳路藍縷、以啟山林」之歷程，降及近年山區之興衰消長，所知實鮮。

筆者緣以飲水思源之理念，將多年搜集資料所得，入水庫主要源流；北勢溪本支上游大坪地區，進行鄉野調查，攬其山川之勝、志其風物之美，成文饗于同好。亦備摭風問俗之擷採。況楚辭有云：「鳥次兮屋上，水周兮堂下」。吾人飲此「屋上」之天水，寧毋視於「屋上」之事物變化？

嘗聞蘭原之北，北縣之界，有地名黃總大坪，間有青山翠谷、阡陌廣袤，獨踞於群峰層巒之幽境，外人罕至。地闢道光間，披闢之者黃千總，遂為命名之由來。後索輿圖，知黃總大坪，則今之泰平，凡灣潭、坪溪、三分二、烏山、糞箕湖、大湖尾、保成坑、料角坑、芋蓁坑、溪尾寮、破仔寮、後寮子、竹子山諸庄悉隸之，泛稱大平。其地西跨北勢溪上游，南望烏山鶯子嶺，北鄰雙溪、柑腳，與三貂大山對峙，東南遵海入蘭，標高五百餘公尺。心嚮往之，唯登臨終躊躇。迨丁巳仲夏，緣有烏山、坪溪之行，上溯淡江北支之源，由內大溪經三分二；觀其地田疇皆平，明山秀水，山村零落，郁有古人遺風，地通大坪，遂決意作斯地之行，訪其境焉。

是年九月十一日，余獨取道柑腳，棄車折南上山，涉十里，皆羊腸古道，分歧交錯，途幸得一山民陳氏同行，始免迷途。邊行邊談，語投意，頓消山行疲倦，且知今之山居，與古相去霄壤矣。

傍午，踰崙頂，為淡江河系與雙溪之分水嶺，嶺上古道依稀，連岡疊嶂，緜亙磅礴，聞即遜清淡蘭捷徑，鳥道行迴。越嶺，屬大坪，村置警所、小學、山林工作站各一，處大平與後寮子丘陵間。下游溪尾寮，又有壽山宮古廟，坐高岡，建咸豐十年，祀天后；紅牆綠瓦，點綴輝映，村落分布，阡陌縱橫。加之氣候宜人，寒暄叶律，域固無玉韞山輝之寶藏，然亦殖焉貨財，生靈長養，桑麻雞犬，山產蕃滋。北勢溪右源經此匯出，中結虎豹潭之勝，二獸怒逼，灘開數丈，馳名遐邇。春秋假日，遊人結營露宿，勢以著；地靈人傑，為蓬島之仇池，桃源稱美，殊愜心懷。

黃總大坪，由此翻山，跋涉二里，則其故址也。晌后，盤迴履其披闢遺址，視其地，平疇十數公頃，峽延三山之間，黃氏故宅，今固蕩為水田，惟中畝獨留片丘，上長二杉木者，據云：「千總第旗桿遺跡。」歎滄海之桑田，故家凋落，事本無常，令人感慨。地之右方，有民家二，一曹氏故居、一賴氏農戶，皆佃人之裔。左後丘陵間，別有黃姓之舊居，然其先一自南靖、一自漳浦、非開山黃氏之後。開山之裔，今皆族分裔散，左山之鞍，孤遺千總故墓，蕪穢于荊棘叢中而已。

余曾獲斯地之沿革於〈噶瑪蘭廳輿圖冊〉，附載頭圍後山黃總大坪一則云：

噶瑪蘭廳未入版圖以前，為生番藪，設官定制後，又以地廣人稀，未能悉墾。邇來聖澤覃敷，番黎向化，人烟漸稠密，土地日漸開拓；凡遐陬僻壤之區，無不開闢周遍。如黃總大坪者，當人力未及之時，棄為荒埔。迨道光間，有黃千總始招佃入其地，除蕪穢、剪荊榛、堵截泉源、引流灌溉，墾得田地百數十畝，內皆農民耕作。路由頭圍北關內土名外澳仔，登山至外石硿嶺，轉北五里為內石硿嶺，越嶺東北支分小路一條，七里至烏山溪尾寮，則為黃總大坪矣。其間，土地平曠，田園溝渠流灌，阡陌交通。唯僻處偏隅，經由之路雜沓，蠶叢險偪，難容輿馬。

由此見之，昔黃總大坪，形勢獨立，誠造物者之所置，而待人經營者矣。道咸而後，臺之荒埔曠野，除卻番藪後山，墾耕八、九。後期移民，來此絕境，扶犂務農，獨成村落；重山嶮岨，隔絕外界，亦少往來，得其所焉。況乎，世及同治丙寅，英人杜德移茶入臺，臺茶五商競起。北臺丘陵，盡闢茶圃，大坪與文山、坪林，溪流貫串，地復尺咫于火燒寮之多雨帶，雨水豐沛，山坡勢陡，至是地亦以產茶著稱。

大坪之人，多漳籍後裔，黃、方、曹、簡，稱其大姓，地闢百年，其盛，户三百八十，人口一千九百餘。曩日通蘭鐵路未闢，茶商倚為淡蘭捷徑，路起頭圍後山，來往悉取崙頂。行旅必經，歇宿之地，遺址今猶棄留山間，述一時之盛。

惟自明治間，基隆金山地輿以來，殆不然矣。先是採金既興，謀生容易，趨利以赴，肇其遠因；次則茶業中衰，農產物賤，物賤傷農，繼之農家子弟，傳衍既多，求食不易，迫而分伙他去，為人口外移之始。比及近年，工業勃興，經濟鼎盛，通都大邑，奢靡與浮華鬪艷，淫風披及，村姑運走，或入工廠，或登青樓。有女者頓成奇貨，歌臺舞榭，夕得千金，年可致富，其與桑麻，胼手胝足，獲利懸殊。至是去者既不復返，笄齡之女，結伴求去，留耕牧豎，成年而求偶不得；井臼乏人，勢偪棄農就工。膏腴之田還諸蟲蛇結窩，荒田蕪畝，實出無奈。時下留耕者更以土壤日趨貧瘠，收穫日歛，外移子女，既稍成就，舉家踵而依附，逐年增加。殘留之人，戶不滿八十，操耕盡皆老弱，壯不得一，其與昔日盛況，相去不可同日語矣。

荷鋤者云：「曩者山居之人，自相姻通，傳其家業，雖世務農，而耕織各有所司，山居固得其樂。今則納采無門，熊祥絕望。」蓋食色性也，聖人尚之；而有不孝有三，無後為大之語。況乎天地固萬物之本，夫婦則人倫之始，下延父子之情。禮云：「君子之道，造端乎夫婦。」非惟先哲所重。男子二十而冠，冠則丈夫，三十而娶；女子十五而許嫁，二十而嫁，亦為婚之大概。獨今之耕者，三十而娶不得，鰥居遼郭，無室家相為娛，加之收成既歉；昔日墣人之田，歲租二千五百斤，利猶可圖，其收穫往往在四五十石之間，今皆蠲租，而所得不及租穀之多，二十石尚稱豐收。耕食不易，大坪之人，雖不去，不可得矣。

余既歸自大坪，初悉此地肇闢中衰之由，不勝噓唏。然感於黃千總披闢事蹟，不可無紀。惜乎其人生平事功，固付闕如，諱名且求之不可得，迺于是秋十月八日，再詣大坪。是日，細雨斜飛，三貂一地，陰霾密布。晨八時，取道循擬闢產業途徑，冒雨直上，路經連泰和祖居，小息再奔；午越大樟嶺，泰平界山也。見斯地因上月十九日泛洪，路毀橋塌，舉步維艱。將晡，得國民小學教導方主任文章、篤農賴君之助，厲湍流、披荊斬闢一徑，除榛穢，求得千總墓塋，塋修造牢固，唯久無麥飯。碑題「蕉陽、皇清敕授武略騎尉蘭營守府官諱廷泰十七世太平開基祖藝闢輔堂黃公墓」，右銘「咸豐貳年陽月」、左銘「男定豐、定蘭、定桂、定穹、孫曾元等立」，始知千總其人，則噶瑪蘭廳頭圍守備黃廷泰，福建閩縣人，籍本廣東者。初由行伍出身，任艋舺營把總，嘉慶十五年，噶瑪蘭入版圖，頭圍設千總署，衛烏石港。二十年十月，廷泰拔補前署翁得魁之缺，以千總，守蘭廳門户。次年，以營署破舊，任內重修。道光四年，始招佃人墾大坪。敘其事功，亦吳沙之倫，功著闢疆拓土者也。

箕湖孤隱 民國六十五年

去泰平數里，沿溪下，有潭焉，名三水，水三道匯流，為名之由。波光鱗影，清碧映空，西流源出灣潭、坪溪，上溯蘭邑鶯子嶺，東流溯自泰平、烏山，匯出坪林。三峽屏迫，人煙稀渺，沖積田疇數頃，昔曰糞箕湖，世之桃源也。

丁巳歲，余去泰平之次日，涉其境焉。先是途次，村老云，糞箕湖曩有山家數十户，今則棄耕離去，留惟一外省孤客耳。旁午，余將之三水潭，遙見竹山之麓，茅舍一椽，彷彿若有人，就潭畔為炊，飽後訪之，其人適出。余詢之途徑，客問所自來，笑延入其居，出茶待之，互通姓氏，相敘甚歡。且出自釀蛇酒招飲，情出於誠，知彼則村老所言孤客。

客云，初來此地，十年前事，地產毒虺，黑質而白章，俗呼半箕甲者是也。時，山耕之民未去，田疇多蛙，蛇以蛙食，相齊衡也，彼善捕，一夜曾捉百條，獲蛙百斤。獵獲物，悉僱人挑下坪林，日可獲利，黃金近兩焉。

次又有潭中巨鰻、魚、鱉之屬，不勝捕也。是居此十秋，腰纏不遜營商逐臭。今則，耕者荒田而去，地既荒，蛙絕跡，蛇乏食，失均衡，故棄田逐溪，覓食相走。況乎，邇來市肆，食館輒以山珍海錯，招來饕客，至是毒漁之徒，時侵其境，山貨之利，以竭。客因窮變，買牛放牧，養菇培蕈，數年有成，今幸，免於他徙。

客，善經營者也。窮則變，變則通，理寓於此。余遙望隔岸山窪，群牛盈谷，食草其間，數不下三十，此其多年業績也。

客云，彼之山居，日出而作，日沒而息，飲則斗酒，食有肥肉，煙則預藏，魚蝦自出，佐餐不盡。山中居，無甲子，既無燈紅之迷眼，復無酒綠之亂性，間數月，順游而出，醇酒佳肴，醉枕胭脂，興盡而歸，無家室之累，一擲數千，人其奈我何哉！子盡來遊，願供食宿，余慨然與之訂交。

夫斯客者，今之異隱也，無牽無掛，不患無後，吾人不及焉。客，異人也！不競於市井，獨悠悠於荒山，飽而作，疲而飲，醉而息，無視於名利，寄浮生於自然，何其超然之如是也，余甚羡之。是日也，未將盡，客送之嶺頂，揮而別去。將酉，抵閣瀨，客林其姓，與其名，貌痳而不揚，自云汕頭之人也，余尚懷之。

序跋類

青潭吳氏家乘序（民國六十七年）

壬子之冬十一月，余率諸生遊大里龍山巖，將晡，點飢於野店，偶與遊人吳子欽奉者結識；子淡北文山之人，同行二少年，為純堅與宗龍，父子三人，固樂山者。

斜陽下，互論登遊旨趣，旨趣橫生，時北角鼻頭一地，遊人罕至，而余歲必三涉其間，獨鍾斯地之風光美景，質而不野，美而不華也。適余於報刊志之，遂袖報示諸吳子，且約同遊而別。

春節後佳日，吳子果踐約，遊其地焉。自是結忘年之交，友有李君、林君，形成登山小團體。歲餘，結伴登遊，翻山涉水，訪大小金瓜，越三貂古道，登柑平崙頂，遊大溪群山，或冒雨入大坪，或順流出北勢，如形之與影，亦步亦隨。間論世道之滄桑，品評人事之浮沉，上自政經得失，下及俚俗存廢，靡所不談。其行止，或露宿荒山，或酌飲野店，樂不知今生何世耶，志同道合之如此。

其後，吳子入北市健行會，而李、林二君亦以事業故，偕遊之事，乃稍斂。

歲及乙卯，余出為有心人修譜牒，亦為仁人君子尋根圖源也。至是子以實事響應，委余纂修其開臺以來祖考事略。嗣以，渡臺前之譜系未明，遂改從個人回憶先書之，子以一週三次，來余旅寓，香茗一壺，滔滔不絕，述其所欲言，言其經歷之從事，而余且筆且記之，始自渡臺一世祖考而下，昭穆分衍，人事之紀，述之甚詳，為首列之。次章及子之出生、長大、成家、創業、興衰、恩怨、變遷、歸隱、現況、子裔，悉書之，迄六十六年，都十二章。

余以子之所述，固個人之經歷，然其間所涉，即自乾嘉以來直迄于今，間二百年，渡臺移民血淚之奮鬪史也，曰墾荒、曰創業、曰置產、曰分釁、曰災害、曰植茶、曰經商、曰祖系、曰宗祧、曰信仰、曰幫會、曰教育，條陳歷歷，猶以所述日治下之臺灣數章，更駭聽聞，而足資考鏡之林也。

子曰：「質勝文則野，文勝質則史。」吳子之述，余止於秉筆，其或有潤色，亦去俚俗從雅而已。子非善言之士，其腹稿祇止於繫年，是事或重見，文帶俚言，則為存真耶，間不免。吳子云：「此余個人之自述也，余要唐君如此書之，書或刁蠻之徒，亦祇為子孫留諸借鏡，質諸鬼神而無疑也，存真而已，毋求華麗。」誠哉！斯人之言也，其為人亦如其言焉。

明年之冬，記述既成，顏曰《家乘》，意者，青潭吳家之記實也！欲傳之永遠。余既書之，豈無隻字序其始末，俾具佐證之意乎！是為序。

廣平游氏族志序民國七十二年

瀛壖姓氏千六百九十四，大姓占巨百，而廣平之游與焉。游氏先代，渡海始於清初，其聚族固以蘭、北、桃三縣為首，陪都次之，餘如舟車所至，亦靡不有是姓宗人徙居，支裔蕃衍，此與地之巨姓，無分軒輊也。唯游之氏，殊異於他姓者，他姓之先，既匪土著，則其上世，殆自閩粵郡縣，航海而來，姓氏書一而宗各異。獨於游之渡臺，概自漳之詔邑，曰二都秀篆、曰埔坪厚堂，曰磐石龍潭、曰東昇塘霞，其源一本，悉由豫東東徙，開族閩西，禰遷汀、漳，根落是境者，為宋大儒廣平先生之胤也。

然詳究廣平之族，固統稱曰「游」，其書則貳，而有「游、游」之別。攷之端緒，則曰：「祖有異姓蘭契，深逾骨肉之情，宗有撫孤恤幼，祧兼二姓之義，紀傳譜牒，志其本末，言之甚詳。」噫！此謳詠王祖念八，游祖信忠二公，交契美德，生死莫逆之事，洵足稱焉。是後之子孫，合姓而宗，從「方」而游，從「才」為游，明其由出，示不忘本也。況乎游氏之先，厲王庶子鄭伯之昭；王氏之祖，靈王太子諱晉之穆，二宗悉本姬周，淵源攸同，是統之曰：望出廣平，彰明不忘鞠養之恩，報德之大者，豈可比於馬後之繼，世傳五百八十年矣。

誠然，瀛壖一地，通都大邑，僻鄉聚落，有是姓黨而營經者，則宗祠煥然，廟室巍峨，樽俎荔蕉，蒸嘗春秋，視他姓氏執禮尤勤。書云：「以禮制心，垂裕後昆」。游游一族，茲茲然，風貌昂昂；洋洋焉，魁梧而不掩斯文之質。其從業也，士、農、工、商、心存古道，行合時宜；至于譽延遐邇，道合潮流，亦云盛矣。惜乎廣平之後，世代湮遠，庋藏譜牒，輾轉傳抄，或誤於書，或謬於紀，句讀不明，魯魚亥豕，是世之傳本，牽多謬訛，魚目混珠，莫辨真譌，而久為識者垢病。何於斯姓之人，獨其不察，游游之譜，刊刻者再，而誤即誤矣，病之所在，未稍匡救。「或云：此譜家之失乎！主事宗人昧不知事之輕重歟！」亦為余一睒是譜，深為疾痛之耶。

游君象新者，余同郡鄉長，為忘年交，念有餘歲矣。君之為學，詩追二南，道遵薦山，復為吟壇非常士也。歲壬戌之夏，君云：「將治廣平族乘，糾正坊本之失，浚其源，明祖德之厚薄，以為後之族人，備正確稿本。」余聞之，前所病者霍然而紓曰：「諾！為訂體例。」君欣然。至是顏曰《廣平游氏族志》者，迺開其局。初就游君多年蒐羅筆記，益為增訂，余為之纂譔，集注、校勘、分次卷帙，竝增以源流、封爵、科名、藝文、年譜成書，俾傳實於久遠，作族乘之輔翼也。明年癸亥稿成，將付剞劂焉。

有云：「刊先人遺著，孝而神聖也。」然則保存先人之作，糾正傳訛，完璧存真，復發潛德之幽光者，豈非神聖之倫儔歟；是志之脩，游君傾力以赴，志求完善，近將壽諸梨棗焉，滸君非神聖之倫儔而何。是為序。

蓮谿葉氏家譜序 民國七十四年

臺員葉氏分二宗，一出閩東興化之古瀨，一宗閩南同安之蓮谿。古瀨之族，其先來自河南光州，隨宋祚而南渡者，蓮谿之族，其祖世居河北河間府，避居女真之入侵，遷徙入閩者，支裔分衍，遂為同安之巨姓。是以渡臺之葉氏，亦以蓮谿之後，為族最巨，臺之淡北且有宗祠之建，合古瀨之葉，序次大姓列二十二，竝見斯姓之為族，之蕃之盛。

歲甲子復始之夏六月，余在稻江旅寓，有葉子金全懷其祖傳譜牒乙帙，來寓示欲以是譜求重為纂輯，余覽其譜，蓮谿葉氏之譜也，譜經歲久傳抄，稿本疏於重校，魯魚亥豕，文字之誤謬大且不論，至于世系之紊亂，亦久失條列，某出於某，雜亂而缺系絡，使閱譜不能辨識。然詳圖其源，上溯乘志始祖，則廟遷於二宋之交，南衍同安，再傳六支，厥為閩臺蓮谿一族之發祥，為紀八百餘載，瓜瓞緜緜，禰遷廟繼，而首志蓮谿葉氏源流、蓮谿地誌各乙帙，敘事簡潔，樸實無華，譜中之佳構也。是余徇葉子之託，以其舊抄為之底本，旁採蓮谿支裔之譜，重為纂輯之。

夫蓮谿之譜，淡北葉氏一族之譜也；清俞曲園云：「同姓非族不稱宗。」故重纂之譜譜不及異宗葉氏。唯考之姓源，葉氏之先，出于姬周，為文王子，武王同母弟聃季之後，沈侯諸梁之禰；楚封葉公其人。是譜之重纂，乃益為三秩，首曰源流，明得姓也；二曰世系，別宗支也；三曰世譜，志行實也；末增附錄數篇，即採自蓮谿同族之旁支，是為之殿，使明先芬之遺德，亦詔餘緒於後昆意耳。

當秋之十月，重纂稿成，葉子捧譜復徵序於余，余曰：「此前人纂修之志也，今復重纂，余雖忝理全局，亦僅止於詳覈世系，疏其源流，採擷增豐而已，本無用贅。」然葉子之求善是譜，言出於衷，筆削之際，頻來余寓參與校訂，黽勉從事，之慇之勤，誠可感也。豈濁世之數典而忘其祖之徒，可同日語耶！是敘崖略，誌數語，以告後之賢者，迺弁言之，是為首云。

王祁民詞長新廈落成暨長公子敬仁新婚序民國七十八年

「雞籠山在彭湖嶼東北；雞籠山在大海中，一望巍然；而大雞籠乃郡治之祖山，為全臺之北户。」斯前代史家所志，雞籠之居扼要，著在典冊，名著宇內也。夫大雞籠即地指雞籠，亦今之基隆，名正光緒元年。至若雞籠積雪，奎山聚雨，景觀之美，尤為文人膾炙，雅號雨港，發於題咏。自開埠以來，人文蔚薈，詩社林立，由來尚矣。

吾友王前，字祁民，雞籠之產也，亦雞籠詩苑之聞達。余慕其名在己未、庚申間，雅以騷壇五虎將譽之。迨甲子仲冬，余為纂修鄉紳楊氏金婚集，柬邀諸友題詠，始識荊于北市珍寶酒樓之吟讌。祁民氣格軒翥，丰采拔萃。爾後論交，或飛觴而醉月；或刻燭而催詩，胸懷豪放，談吐風流。其為誦，即卓然清新，用詞俊逸，韻味之溫潤，又直追乎盛唐餘音；時有什一之作，獨占魁元。五虎將！洵匪褒美也。

祁民服職港務局，公餘提倡詩教，並膺詩學研究會總幹事，凡十餘載，為歷任會座倚重。其於風教之導善，斯文之延續，竝致力焉。乙丑間，逢其高堂李太夫人八秩又五，曾獲市黨務當局舉為齊家報國楷模勵之。鷗鷺之盟，迺以前題步韻誌盛，傳一時佳話也。

祁民長公子曰敬仁，學出上庠，供職鉅衆實業，年二十有八；俊逸超群，翩翩風度，青出於藍，亦大有為青年也。詩學會有柬來邀云：「敬仁將於臘月初四日良辰，迎娶木柵胡家長媛孝儀，結秦晉之好。」緣雨港鷗盟更和以珠玉，藉申賀忱，概見又一番盛事也。

余以祁民上有高堂，壽迎九帙，蔗境彌甘。次而祁民周甲初度，益以佳婦為媳，向平之願償矣。所謂積善之家，慶有餘者，誠斯之謂歟。況值祁民所構德安路新廈，甫告落成。一時輝生樑棟，猶若鳳凰營築新巢，其占叶吉焉。因就《詩》而賀之曰：《詩》云：「樂只君子，福履將之」。又云：「樂只君子，福履成之」。蓋祁民兼而可得矣。螽斯之慶，桂馥蘭馨，王氏之興，可試目待之矣。

歲在民國第二己巳之臘月

臺灣鑛業會志序民國八十年

吾國之典籍，《禹貢》、《周禮》，言鑛由來遠矣。論政若《管子》，更評金、銅、丹沙，然皆語焉而不詳。迨及史遷，傳貨殖，兼涉鑛藏；文固備矣，然亦匪專著。專著而紀鑛，猶付闕如也。夫盛世之臻至，徒擁山澤，魚、鹽、金、銅、鉛、鐵之富，玉石、丹沙之豐，貨不開闢，新穎工技，無由交流，亦豐藏而已，蓋貨惡其棄於地也。

臺灣地區，雄峙東南，地理、地形，宛若中洲附島。鑛之豐藏，先民開之，物徵出土，信有千餘年矣。宋、元以後，墾民來徙，事尤興焉。惟時儒素重人性，而忽物性，貨殖之紀，失於兼論，後出之書，規模或闕，鑛事失考，斯以致焉。

臺灣鑛業會，在臺國人鑛業團體，其丕基，壽同我民紀，屬早期四大社團之一，為促進鑛業，交流技術，提倡學術之會耳。會之初創，時雖日據，間歷改制、重光、興復，迨會紀之六十四年，擴組全國性，則「中華民國鑛業協進會」之出也。今會座顏惠霖氏主之，會務鼎盛焉。氏之從鑛，系本改制發起人，雲年先生之賢裔；鑛業世家也。

會座學出上庠，躬主鑛山閱四十載，素有感於鑛業會之志，實繫臺灣鑛業消長之史，攸關經濟盛衰，人事之紀耳。脩一志、行之於世，不無有助於考鏡，亦史之林焉。客歲六月，因承其邀，責為會志之脩，約以期年，鋟梓印之，竝慶創會八十年之祭也。夫臺之鑛業，啓於土著，傳于墾民，設採通商之際，迨淪割地，而業蔚盛。若其生產，即於光復之後，創高峰五十年代。洎至近年，藏量始轉微，然紀鑛而言史，可溯千餘年。惟鑛之書，斷章散帙，偶見邑志，箚之私著，紛雜不一。志之著一書，通史而言鑛，人物與事物，兼而顧之，裒篇引證，厥亦志乘之別門，斯以菲才而承之，秋九月而志局開。

是志之脩，會有修志委員，隨時備諮詢。史料之集，庫存檔案、會報、會刊、鑛業史，俱第一手史料與專業之技術論著也。局開，三更義例，並徵引相關史料，統卷十二、目十七、傳二十三。稿成，乙乙付諸校勘，次復修訂而轉送審稿與總閱，反覆核定之，次始編輯而付印。

志之卷三，相關歲計，劃期製表後，委由總務紀君，核對賬目。至于人物傳，鑛事以來，賢能輩起；建會以前，擇曾涉鑛事，得四十人入列之；建會以後，則以一旦在籍之足矜式者，得百又二人列之，俱以仙者為傳。至于臺之鑛界，備著事功者實更夥矣。然義例，用彰一會之志，遺珠亦嚴義例也。志之脩，史料冗繁而時間倉皇，幸有可讀，諸君子之力也。苟有失，余一人之疏忽耳。至於愧無能周處，則俟踵事之賢者，來日糾正之。今以志告蕆事，援筆簡次為序之。

金瓜石瓜山國民小學校友會成立大會序民國八十六年

少小離家老大回，鄉音無改鬢毛摧，兒童相見不相識，笑問客從何處來。

斯詩題名〈回鄉偶書〉，唐人所詠，膾炙人口，道盡遊子繫念「鄉情」之詩也。

金瓜石在臺灣東北部，北擁基隆山，南屏大金瓜巖嶂，東控獅子岩，西界外九份溪，為產金區。嘗享亞洲第一貴金屬鑛山美譽。產金地有著名庠序「金瓜石瓜山小學」者，吾鄉人自幼啓蒙之黌宮也。學校之建，時在日大正七年三月，距今八十春秋矣。但臺灣在近百年中，政權兩易，地區消長，斯其學校在以往八十稔間，名亦迭更。其先曰：「金瓜石公學校」，嗣更「金瓜石東國民學校」。光復後，名「瓜山國民學校」，民國五十七年，再改「瓜山國民小學」，即今校之紬緒。惟創校至今，育出諸生亙七十屆，人數一萬五千餘人，俱此母校之所出，亦云盛矣。

然則，金瓜石一地，嚮雖以產金著名，無奈黃金固貴，寶藏有限，長年採掘，有時而窮，厥以開礦以來，今歷百紀，經此開採，礦藏既竭，地本磽确，亦微其他生產。地既蕭條，一旦畢業，淪為遊子而流寓他鄉，亦世之常理，事非得已也。

民國八十五年初夏，緣有心君子為籌金瓜石礦山開礦百年之慶，返鄉預事者，念斯螢窗，昔嘗同硯，今其聚散浮雲，深感傷焉。因有組織「母校同學會」之議起，在鄉者張君文棨，鄭君金木，張君阿輝；外遊者陳君武夫，而余叨陪末席，恆數聚于瑞芳，人數屢增，意見獲一，遂為「籌備會」之發端。是秋八月卅一日復會於瑞芳，出席許君朝寶，黃君木龍，黃君登科等二十一人，舉張君文棨為創會會長，而許君朝寶以齒德被推名譽會長，黃君木龍荷事務，擬〈會章草案〉進行籌備，復時商于北市，事迺底定焉。

今歲六月十三日，各屆代表十六人復來會，乃擇七月二十日成立大會于母校，其全名固曰：「金瓜石瓜山國小同學會」。實則，建校以來八十年間，互四階段校友，精誠凝聚之會也，寧有彼此之分乎。

余以恆會之凝聚，非同氣而相求，則同類而相聚，以同氣而為友，以同類而同心，親睦結交，真誠為盟。況乎今日返校與會者，毋論鄉梓，不分流寓，悉吾母校之所出，曩日螢窗，相守六年，親同骨肉，誼比兄弟姊妹也。願自發會始，恆念曩日之同硯，猶若骨之與肉，兄之於弟，姊之於妹，忘我年齒，靡爾遠近，俱珍惜此刻之盛會，以期來茲；並繫故鄉金瓜石之繁榮，共相勉焉，其有幸也，是為序。

草嶺慶雲宮修志序民國八十七年十二月

歲戊寅，余脩《雙溪志》之冬，學兄高君語余云：「頃纂大里簡草嶺慶雲宮志將付梓，雙溪與大里隔一嶺，史事相貫通，敢乞為一言，序卷首。」誠矣哉！學兄所言也。夫序者，序首末，余脩《雙溪志》，而君纂《慶雲宮志》，範圍雖異，地緣則一，寓理亦一也。

慶雲宮主祀玉皇大天尊，神苑在蘭縣頭城石城里，世稱大里簡，昔為入蘭門戶。而雙溪位處北縣之南壤，交界蘭境，屬三貂社之隩區，曰頂雙溪。初，嘉慶十二年，三貂嶺道之闢，頂雙溪以墟集成其宿站。明日，盤山隆嶺入蛤仔難，首站即為大里簡。易言之，二地者，淡防廳入後山之孔道，恒志史事，三貂並列後山，亦漳泉移民移墾所必經。爾後，道路由隆嶺漸移于草嶺，「下嶺十里至大里簡民壯寮」，桐城姚瑩志道里，述之綦詳。慶雲宮所在，又當民壯寮之畔也。

三貂在當時，列淡水之極北，山巖層疊，曲澗而深溪，地無連袤沃土，甌脫之境焉。迨噶瑪蘭置廳後，官方數擬以三貂溪為界，劃淡蘭之疆域，久未定論。同治間，始定界遠望坑溪，而雙溪劃歸淡水廳。維雙溪墾民，殆來自漳郡，遂以地緣、祖籍、交通、史事諸源流，並列慶雲宮玉皇祭祀圈，證二地關係密切焉。

慶雲宮之草創，始見嘉慶二年，刱建祠宇，道光十六年。光緒中，基隆金山鑛業勃興，凡披沙揀金之儔，殆米自三貂，而一夜致富者，不知凡幾。有云：「天下熙熙，皆為利來；天下攘攘，皆為利往。」往而有利，懷金來歸，又福至而心靈，感銘所祀神為降福，蒙庥德，亦憑依也。明治三十七年，慶雲宮遷建神居，構璇宮，丹臒而藻棁，殿宇華飾，閬苑莊而嚴，為時後山第一名刹也。迨乎近歲，累年重建，高閣飛簷，巍峨凌霄，瞰碧波，覽龜嶼，又洋洋而大觀也。若雙溪，亦分香，別建二神宮於三貂嶺麓；又告謂：「祭祀圈經濟繁榮，民力其普存也。」夫民，神之主也，民之祀神，虔而敬，藉報神慈，其見民臻康樂之徵也。

然則，後山之開闢，今甫二百年，其披荊，自三貂始，次蛤仔難。慶雲宮建三貂、蛤仔難之間，為移墾之孔道，孔道之枯榮，繫歷史之消長。慶雲宮之所徵，徵此間與其祭祀圈，開發歷程、繁榮之見證，人文發展也。

今《宮志》之纂脩，固存慶雲宮之史，惟廟之香火，鼎盛自信眾，來自祭祀圈，眾檀樾之供奉，廟而有史，寧匪為大眾而留信史歟！豈崇功而報德，顯揚神威也已歟！余以慶雲宮諸執事，能為宮而脩志，志史實，刊印行世，非凡俗之能致也。必也，備瞻遠之眼光，而委高君總其筆政，尤善擇人也。

高君名志彬，號逸塵，海山樹林人，夙志於史學，出文化大學史學系，為金陵楊教授家駱之入室弟子。曩日，余學史於華岡，與之先後期，受益自高君者多，猶比難兄難弟也。君治學，嚴而謹，論學術與見解，更非時下凡庸可比擬，亦同道所共認。余與同志趣寂寞之境，時與切磋文事於經庫之府，文字知音也。能以不文辭乎！是為序。

雙溪鄉志跋後 民國九十年

右雙溪鄉志，史氏為雙溪鄉所修之志也。雙溪境壤，地名雖見清嘉慶中諸多墾契，且為大三貂之首樞，然嚮未留志乘，緣及局開後，始見往日傳說，事多後人之臆測，乏史料之依據。至于公所檔案，久不過念年以來；念年以上，幾若闕如。從以承修以來，心萌退意，事幾再矣。但掩卷低徊，又憶自民國六十六年，投入本鄉南境大平之研究以來，數涉其地，迺及北境大三貂，馳騁史事，神交古人，爾來亦足二十稔矣。間則畏友高、陳二兄者且曰：「君從北臺灣之研究，歲亦久矣，奈其人以一鄉志局委之，筆削任意，今不取之，從前之投入寧非白費。」二友之言，成莫大之鼓勵。因思公藏之案牘與史料既缺，何不改從田野著手；斯其首尾幾二載，隨有心與時間之推移，而境壤之開發，移墾歷程，漸次重現。

八十八年冬，會依法令：「修志須提計畫書送縣審查」，因新義例。明年三月，蒙縣文化局潘代局長文忠，暨出席審查諸委員，畀予極高之肯定，義例通過，著手纂撰。迄今歲五月，全稿完成，送公所審查亦獲通過外，其先於次第成稿後，並特商請中央研究院近代史研究所研究員許雪姬教授、國立中興大學歷史系黃秀政教授、國立中央大學歷史研究所戴寶村教授、宜蘭佛光大學生命學研究所所長宋光宇教授、國立宜蘭科技大學共同科陳進傳教授、志書專家高志彬先生、前省文獻委員會委員鄭喜夫先生、基隆詩學研究會陳兆康先生，各就所長分別擔任審查，惠予高見。旋亦尊諸教座所批示，以及公所之審查意見，一一修正。其間，鄭喜夫先生並冒炎暑，於短短近月間通閱全稿，作文字之校勘、糾正亥豕，予以定稿。以上諸教授與諸學者，厚愛之情，更令史氏銘感五內，畢生難忘者。

斯志之修，初自局開以來，雖史氏主持之，惟長久之調查，若微得力於從事諸助理之辛勤，鄉長簡華祥先生之睿裁，貂山吟社李鶯輝先生與不欲表明身分之人士，不吝以珍藏之資料提供協助。志稿之出，又從何得以順利而成，今並致至誠之謝意外。惟亦痛切於心者，際茲朝野有識之士，呼籲重視臺灣之歷史，層方大力鼓勵各鄉鎮市，務重視周圍所發生，以志於史之今日，主事機關事務官僚對於歷史，若無充分之認識，作坦誠之配合，巧婦難為無米之炊，所修之志亦將殆淪次類施政報告而已。治史云云，修志云云，既屬侈談，且亦學術領域之痛，歷史蒙翳，實有賴執事君子，痛切檢省焉。

文物古蹟篇基隆第一序 民國九十二年

世講陳青松，繼志乃祖之業，創設茂堂文史工作室，致力一邑文獻之蒐集，邇來有年矣。其間，嘗聞友人云：「彼之投入調查，風雨無阻，足跡所至，遍及舊廳各地，或訪耆老，或入曲巷，或涉幽宅。志在重現信史以來，沉淪故事。」聞而欣慶焉。

夫世事之推移，猶白雲之飄渺，隨風而逝，厥以「駒光」名之。意謂人生天地之間，若白駒之過隙，昨日所見，今日所聞，非以筆記之，過夜為明日黃花；事物之變幻，勿論山川陵谷，常滄海而桑田，浮沉靡常，寧有口碑之傳，歷數世猶存真，不訛替之哉？此以學商名黌，從賈已著成就之青松，毅然立志，纘緒乃祖之業，維其儒商世第，由商而文，亦同仁為陳家稱慶，為青松欣慰，樂見其大成者。

青松世出雨港舊家，其祖曉齋夫子為一代宿儒，吾輩尊為舊學祭酒，因陳家自其尊翁兆齊鄉先生於光緒中，落籍於此，以儒而商，傳及夫子時，余以機緣而遊其門，自茲屢受教誨而私淑之，蓋雨港亦余寄寓十六載之第二故鄉，近歲，且為研究主題基顏家興起與消長之域，卻亦余母家因變故，手足離散之處。八年前，夫子仙去，往日太多傷感，觸景生情，再到此間，俱為匆匆來去，即無暇與陳家賢昆，聚首敘舊，於青松所累積，亦無緣以窺伺，遑論置評。

但友人又言：陳君近作，題名《基隆第一》，實彙集雨港暨舊日基隆廳，人物之專輯，以人為經，述事為緯，藉品題，道事功，傳其軼事，槩及地方史蹟，里閭奇譚，發其淹沒，俾付鋟板，以饗讀者。

迨上月中，會事務再履此間，順訪市立文化中心時，遇中心圖書組王組長及喬小姐，語余以「青松所著近將出書。青松常言：先生與其祖，亦師亦友，稔知陳家故事，今志文史，先生可否為一序？」余以著作之事，譬若長江之水，源源本本，後浪而推前浪，老生常談，從何趕上時代之潮流，敷衍而語更為余不為。惟王組長邀序之誠，言及作者之用心，亦使余難以不文辭者。因披其著述大綱，第見此書所言，凡分三部門：為人物、文物古蹟、藝文，下統章目為詩文、藝術、學術、文物著作、古蹟名勝、遺址建物、藝文場地、藝文團體、藝文活動都九帙，而具藝文志規模。論年代自西人來據雞籠，迨於晚近數十年。凡首出之事，洋洋備具。有此一書而雨港古今，已納於集，開卷有裨熱愛鄉土者，史事之掌握，觀古今風俗之醇美，遂使余匆促為獻言。且憶曩日　曉齋夫子，為存雨港百年之見聞，著述《懷德樓文稿》、《市志人物篇》以及夥多詩聯成集以傳世。今其文孫能纘其緒，將繼其志，寧匪先後輝映且可操券也歟！青松者，筆署茂堂，早年畢業於建中、淡大，爾後在臺大商學研究所進修，由商而文，其由斯乎，余樂以為序。

金瓜石國民學校校友會年會序民國九十四年

人生不相見，動如參與商，今夕是何夕，共此燈燭光，少壯能幾時，鬢髮各已蒼……。

憶自民國八十六年七月二十日，我們以金瓜石瓜山國小同學會名義，冒著酷暑，成立大會于母校大禮堂以來，八年歲月。時光荏苒，春去秋來，人事或非，唯身為礦山子弟，嘗受教於母校，同硯六年，螢窗之情，愛鄉之心，信其靡分二地耶。

八年以來，世事推移，環境在變。厥初，熱心支持發會之許朝寶先生，既歸道山，而創會會長張文榮學長亦已仙去，至于同學會歷經二屆，向前邁進，或興或替，而瓜山國校同學名義，亦求務實，以概括金瓜石公學校、金瓜石東國民學校、金瓜石瓜山國民學校、金瓜石瓜山國民小學諸階段，形成今日之組織，正名為「金瓜石國民學校校友會」，俱爾我所見也。

眾所周知，金瓜石在百餘年前，原為歐脫之區，惟自清末，發現金礦，日入開山，而地漸繁榮；於是爾我先人或自近庄，或自遠鄉，率家來此，以經以營，遂於日據末葉，享有亞洲第一貴金屬鑛山之譽。復其後，國土重光，政還吾國，礦山卻因久採而藏竭，封礦民國八十年代，使上千名礦山子弟，雖欲久居而生計無依，心雖愛鄉而地未能養我，以致奔走他鄉。但以往百有餘年，父母生我，礦山養我，母校育我，迄于今日，故鄉垂垂老矣。有云：「睽違雖久，情誼猶在。」爾我在外金瓜石國民學校校友會同學，故鄉在翹企，期待你再次回鄉，為舊地一遊，敘舊誼、話兒時，同聚一堂，寧非人生一快哉！

況乎，地自礦山封採以來，迭經鄉人之努力，世論之推動，歷經十餘載，漸將棄廢之礦坑，重加整理，殘餘建築，再現生機。已於去歲成立金瓜石黃金博物園區，下分黃金博物館，本山五坑體驗場、環境館、煉金樓、生活美學體驗館、太子賓館概及其他建設，亦已次第完成，可重現吾鄉之第二春，長維聲價，信其可期矣。

至于校友會，在上屆理事長黃木龍學長以及理監事諸同仁，文史委員會共同努力之下，為增加景點與緬懷母校，教育之發祥，亦於曩日創校遺址，聳立〈金瓜石教育發祥地碑〉以資紀念，藉表回饋；再則，文史委員會亦促成〈日據時期金瓜石礦山溫藉礦殤祭祀碑〉之豎立，藉慰曩日來山，遠人英靈，兼佑里閭耶。然而以往歷史史蹟，其猶待校友會諸同硯，共同努力，以促進山城為歷史之鄉者，尤多山積，莫不猶盼爾我同仁，共同關心焉，是為序。

瀛社百年紀念集序民國九十八年

余聞世之文士，藉詩詞而詠風月，或寄興山水，放懷湖海，隱德不仕者，曾不可數計。心有所觸而將所感，情發於詩，託物諷世，至于鬱鬱以終者，亦云難以數而計。又若才華洋溢，能計步而為詩，或刻燭以成詠，迺至仗一時之興，呼知音、集同氣，會盟結社，起題、抽韻、刻到封卷，做揭榜，略如科舉之法者，始宋、元以來，更盛於東南，且知其數無從計矣。奈其經營，卒皆倏起倏落，俄興俄衰，由來皆然。事在臺澎而舉，自光緒乙未以來，三臺士子為維漢唐正音，被殖民五十年之歲月，詩社之設立，彷彿雨後春筍，蠭然蔚起，數至三百七十社云，豈匪盛哉。

惟彼詩社之眾，或興或廢，存亡不一，雖有數社，猶維持至今者，卻際會不一，或名存或實亡，頓跌之間，能回甲子，登古稀，維八秩，邁入期頤猶盛況不替者，即唯「瀛社詩學會」見之，寧不足稱。

瀛社詩學會者，其先曰瀛社，溯其源，始興割臺後第十六年，方其時也，我臺淪於俎上之肉，科舉既廢，返復無望，斯以北臺舊日士子，既認清不足以武抗，仍求其次，藉文相孚協，用維民族一線根源於舊學，即為瀛社詩盟之成立，時為異政下明治四十二年事也。既而蔚然為北臺最大詩社，登瀛壖翹楚。逮及乙酉重光，凡歷明治、大正、昭和三朝，間於二戰末期，嚴受兵燹而運作稍斂，始迎重光。維後五年，會遇內戰而國府東移時，避禍之士，目睹詩之在臺，既盛且興，至於驚喜而歎曰：「不圖斯文之在茲也。」由是禮求在野，吟詠切磋，風雲際會，詩教復興，斷代二段，迨今歲通紀百歷春秋矣。

瀛社詩學會，其先曰「瀛社雅集」，既發會，顏曰「瀛社」，重光以來相沿其稱。會自大正七年夏，社置社座始，凡歷洪以南、謝汝銓、魏清德、李建興、杜萬吉、黃鷗波、陳焙焜、林正三諸氏任社長。其下置佐貳為副社長，薪火相傳，定歲時，傚嚶鳴，以倡以導，或設絳帳、勤從傳授，使吟哦不輟。迄今雖新詩風行，而舊學消沉之日，猶能樹一幟於三臺，凡吾鷗鷺中人，及至舊學之士，仍維其感與即事，觸景紓情；毋論鳥蟲草木之細，山林湖海之大，政經文教之權變，人物世情之虛幻，以諷以頌，俱詩紀之。此靡他，百紀以來，匪詩教之屹立，微風流之不滅，烏以致歟！孔曰：「不學詩，無以言。」詩教之重，於斯又見也。

民國九十五年歲在丙戌，瀛社第八任社座林正三任內，經內政部立案，更稱為「臺灣瀛社詩學會」。夫立案與更稱之旨，意在確立推行詩教之義也。厥則自茲以始，會由同氣聚與，而社長為理事長，理事長由理事會以舉，其為理事者來自會員票選而出，民選之義寓焉。寧非組織迎向新時代，立足新世紀之首步歟！

湯之盤銘曰：「苟日新、日日新、又日新。」康誥曰：「作新民。」大雅曰：「周雖舊邦，其命維新。」斯非君子所務，君子之所求也乎。

瀛社者，其與割臺之後，其蔚起，出維時之君子。今社之重興，若微後繼大雅君子，嚴守道，勤守盟，其曷來守真之吟，蔚與乎百年大慶之今日，邁開方步將迎另一百年歟！余雖末學，前於組織立案之日，蒙今座承邀列諮詢，而今日躬逢百年大慶，暨及紀念專輯之將付梓，又屬余為一言，因就所知，略述百年厓略以為慶，更盼吟苑，更蔚風雲焉，以為祝，是為序。

海天詩草序 民國九十八年

歲在八八水災之越二月，輿情喧嘩，方復寧靜，硯兄健民自基語余云：「頃輯五十年來，燕休所咏，鷗聚競吟，綜一集曰《海天詩草》，能否為一言秩卷首。」

余因自憶謂：嚮固拙於詩而業史籍，惟在曩日，嘗語諸友云：「詩言志，歌永言，聲依永，律和聲。」數其興也蚤于春秋，顧亦紀事之類也。由斯論之：時事所見，平生所遇，上自廊廟得失，下至民黎疾苦，鳥獸魚蟲，之生之滅，生當今世，政既民主，俱得以詩記之，傳則著作，若其保存，唯付鋟梓而已。不然，等身之作，疊屋之著，亦終蠹魚之口，渺渺塵埃，君等於恒常，揭來南北，結盟會友，爭名什一，揭榜魁元，獎牌盈室，於爾又何補焉。

惟多年所見，能詩又善詠者多，能輯而壽世者百不得其一。槩乎健民，亦於客歲同席瀛社百紀，以斯互勉之，而健民即以為集作回應，今果然。健民邱其姓，名天來，基津之產，世居和平島，昔之小雞籠也。地瀕大洋，浩瀚無際，與生以來，與海擇鄰，久從船務，並及漁業。斯以日出則觀海天之通紅，賞蓬船之迎曦，波濤瞬變，風雲霎那；日落其眺晚霞之流丹，數漁舟之歸帆，星移斗轉，舸火璀璨。凡所經歷自視儕輩而廣，即其所為詩，又豈凡庸已耳。

何則？昔人有言曰：「臨崑崙之墟者，知宇宙之大，臨滄海之淵者，見魚龍之富。」緣以移世以論，科技昌明，人文蔚盛，鄰大洋、事船務，奕世漁魚，豈維知魚龍之富，凡四海之大，八紘之廣，屈指而數，則其詩思之豐碩，題材之裕如，自不囿于斗室而止，亦不以隱漁而寂寞；甚或大有可觀者存焉，遂一言諾之。

誠然，洎讀健民之詩，詩思所及，託物所咏，情性標挺，清源有自，詞語溫潤，文質祥藹，所謂：「君子比德」，「溫潤而澤」，形見健民之筆，中和之作也。《禮》有之曰：「喜怒哀樂之未發，謂之中；發而皆中節，謂之和。」夫斯二者，天下之大本，天下之達道，人能致中和，天地位焉，萬物育焉。健民之詩，「優柔溫潤，又似君子。」寬和之吟也，盛世之詠也。惟健民之詩思，其於亂世，即輘轥猶有未逮耶，此又何謂乎！

夫若瀛壖者，雖中州之邊圉，亦亂世之逃藪，己丑東渡，周甲生聚，雖臻今日之繁榮，實盛世之亂邦，非避秦之桃源已耳。余以亂世者，詩家之盛世也。杜詩李吟，流傳離亂，石壕驅民，王孫淪落，悉亂世之史詩，若海邦恆見：時疫、災眚、政病、人禍、吏苛、報害，事不絕紀，惟健民所詠，俱盛世之頌，獨惜墨於亂象，此又何故乎？

或云：健民之詩，多囿題限韻之什耶。健民之吟，多來去南北，會鷗盟、尋知音、競才學、效刻燭、榜高評，登什一之作也。然則若斯詩作，於展現臺海三百餘紀，雅頌傳薪，五十季異政入侵，被迫皇民，而斯文之在茲，猶念念於漢唐，維繫民族一線生機於刀鋸之下，秦火之前，丹心萬古，精神專一，誠有餘焉。奈若藉斯，歌詠其義，以長其言，即其所言，猶慊惜墨過焉。

夫一詞人韻士，縱能屏絕聲色，遠拒風月，卻不能杜門離群，悉摒文雅，劃地清高。況乎今之鷗鷺中堅，縱有拒絕鐘鼎，亦無幽隱山林，人各其志之士。然則，職事所見，世論所經，交誼摩肩，掩卷靜思，悉感興之由生；更勿論終歲織耕，亦有燕休之假，清心之際，聊解其劬，而健民之作，幾罕及焉。豈健民謙恭之性，謙及其詩，至視墨若金而自斂歟！

維健民之詩，誠佳詩也。嵇康有云：「二子贈嘉詩，馥如幽蘭馨。」又蘇軾則云：「環城三十里，處處皆佳絕。」健民之詩，是佳詩，亦佳絕也。其惜墨，亦示其為人也，溫、良、恭、儉，兼而有之；不為諷世之作，但守雕雕之珉，不顯章章之彩，有以致乎，是為序。

陳兆康手稿集跋後民國百又一年

雨港陳天泉先生駕鶴五年，同埠蔣孟樑語余云：「兆康長郎欽信，頃持其尊翁手稿，輯以景印，顏曰《故陳兆康先生創作手稿集》，防損蠹蝕。唯僅印十冊，只分贈其家翁生平至交。」孟樑回云：「令尊在日嘗數向臺北唐羽者，求為出集時綴一言序卷首，是唐某時道及此，且徵何時將出集。如今，《手稿集》既出，應餽唐某一冊。」半旬而後，孟樑果得其集轉至。

余覽其集而百感交匯，何光陰之去且速也！既憶故人在日，過從點滴，又念，某之與天泉交誼四十稔，胡未能先睹其遺稿成所屬，綴一言序卷次，直待人之子哀印其集，始覺今即為序，事亦遲矣，直覺落寞。

兆康字天泉，向以處世謙沖，賦性儒雅，嘗名所居曰「謙廬」，斯此間鷗盟多以「兆康先生」稱之，罕以字呼！原籍惠安螺陽人，父諱其銘，據其譜：族之先出宋名臣陳俊卿，族盛莆田曰：「玉湖陳氏」者，祖源所由出。宋亡以來，裔有遷惠邑螺陽者，衍為當地茂族。又後以所耕在磽确，人多下南洋，而翁其銘亦遠瞻進取，趁壯歲，梯航星洲，致天泉昆季或守故土，或僑海外；天泉以居長自幼失恃，遂留家鄉由繼母養大。二戰勝利三年，將婚前夕，遘遇世變，遂從族叔來臺，初寓高雄隨伊舅某氏，營釀造食品，稍有成，始接許婚者來臺成家。

民國四十八年，更應族兄陳再來邀，移家來基，經紀所營大來冷凍廠與得其助，自創惠豐冷凍，成事業之丕基，遂定居於基，斯天泉以「靡族兄之提攜，亦難以致」云，嘗語唐某。

天泉既家於基，初民國五十二年，會有雨港聞達羅慶雲者與陳祖舜，倡建謎學研究會，應三節懸燈，任民眾猜射，實則寓讀書於製謎，探微經史，重興漢學。時天泉於曩日在鄉，已受業於鄉賢碩儒，兼其睿智聰慧，勤讀經書至淹貫群籍，又尚風雅及於庾辭。寓基以來，緣以射虎，使主稿者識其才高，至邀與會。既而組織成為基隆謎學會之發軔，天泉被舉理事，至常務，且以精於典故，旋揚謎幟及南北謎壇。唯詩而言，其先在籍，例多專於書、算、文、翰，備為實務用，言詩詞即視為風雅已耳。自不若臺海之嘗陷異政，科舉雖廢，從師為學，多以詩為終致，用維國粹之延續，斯以天泉於詩一道，猶未迨也。

奈及其後，間遭族兄再來遽世，天泉念族兄在昔，提攜之恩，比於父母，卻謙於未諳對仗，因求代擬輓辭于同社主事某，某以便聯與之，既而發表於〈中華謎刊〉，而天泉未知也，卻為識者指出，使顏面頓赧。由是，直覺學之猶不足，至發奮圖強，去謎社重拾舊籍，凡唐、宋名家詩作，無不廣涉，至于入微；加上經卷之精湛，才華洋溢，廼及雨港文壇諸友之切磋磨礱。六十八年，遂與諸友組基隆詩學會，以發揚詩作，復興漢唐天音列其主旨；自是遊屐所至，交流南北，屢見什一之吟，冠奪大型吟會，亙三十年。其間，尤值執政當局在臺提倡復興中華文化，是詩學於雨港更屬風雲際會，若地之耆宿陳曉齋先生亦言：雨港詩壇來日之祭酒，非天泉莫屬。

天泉初以一賈人，由商而謎，又由商而移詩，其除宏揚國粹而外，今由手稿所見，凡八百餘首，雖多南去北來，應席大小吟集，提倡詩教，發揚國粹，導正社會風氣，效法古人為囿題限韻，刻燭催鉢之作多。次則與人過從，交誼酬應，喜慶哀樂，為聯為詩，及至考槃尋逸，感事而咏，代人擬作，類多有之，不外臺之以往方家。唯審其作，凡調韵蓄意，莫不形其心志，備六義，遵雅頌，尚教化，正人倫；時亦歎世道之頹靡，鄙政風之寡廉，竝以邦家強盛，人民福祉，入之於詩，用典廣泛。斯其三十年來，吟幟既揚，臺之大小詩社，爭邀加盟，或以吟聚，或委壇坫，天泉莫不謙沖真誠，從無傲恃，人有袖詩作求正之，亦不以其為後生而拒；凡有所見亦溫溫以教，使人如沐春風為難得者，亦天泉為騷壇所仰焉。

天泉生於民國十七年，仙去九十六年，某與識荊民國五十六年；始加盟臺北集思謎社後，緣輪值燈謎函部，聞其名因邀主坫，又後十餘年，為鄉賢主持徵詩事，復會天泉，遂成林下知音。然則，今讀其手稿，雖言此遺稿，仍過雜蕪而須有心人為重編，唯憶故人之芳菲，豈可無片言補述所知歟，因冗為跋。

碑記類

雙泰公路闢建懷祖頌德碑 民國七十四年

北勢溪溯坪林匯二流，西支曰鰎魚窟、東支為本流。本流溯源糞箕湖，復分數脈流。流所經曰保生坑、曰料角坑，澗水灣環，昔名大平莊，有簡氏聚族居焉，則大平簡氏。氏之先，肇族于范陽，出別支德潤十四世孫悅使，漳郡南靖人也。道光之初，梯航來臺，洎登烏石港，披荊於野，潛德營家，地即保生坑。至茲百五十星霜，茂於厥後，尊為簡氏肇輿之祖；族衍通都大邑，亦云盛矣。

然大平雖處北勢上游，界在淡蘭偏隅，地卻隸三貂，即今雙溪泰平村也。自道光間，移民招佃入墾，除蕪穢、剪荊棘，截源灌溉，迺成阡陌交通，如世外之桃源者。奈地以大樟、崙頂、鶯嶺連峰，疊嶂阻絕，跼躅叢山大澤之境，蠶叢險偪，通往之路雜沓；致民之外游者，游則不歸。至于蒸嘗淪廢，祖塋蕪穢；餘之留耕者，務穡雖勤，豐登之季，收穫無從易之以無；肩挑跋涉，又以瘴癘外侵，三者為病。大平因此，山藪藏疾，人視為畏途，棄耕他遷，田園廢置，桃源殆其名耳。

民國六十八年，簡氏賢裔文發，慮代遠而疾積長，斯戾終無可改，迺有祖塋之營窆，改葬渡臺宗祖遺蛻，祔于一塋，塋在料角坑之原。匪獨族之子孫，寢薦有所，與祭之時，序次昭穆，親睦可敦也。後六年，執政當局，周延電化設施，闢產業道路，經此蕪穢之區。自茲以降，三病盡除，民之生計，改善可期矣。或云：「此誠孝之心，達乎治道也。」期年路通，氏曰：「夫當局之澤及山居，吾山居之人，可無隻字誌其盛德乎？」爰乃屬碑於余，竝示子孫毋念爾祖，聿修厥德焉。余徇氏之屬，譔為文之。氏為悅使公之來孫，高祖忠信、曾祖一超、祖振祈、考諱亮，以耕相守。氏曾膺制憲國代，有心人也。

開蘭天上聖母肇建新宮碑記民國八十年

古來至聖能參天地也，則德能盡物之性，能盡物之性，則德能導蒼生育萬物，俾萬物蕃昌而茂盛。厥以崇奉相望，士庶祀之，藉報神慈，覆育四境，祐農桑，護牧畜，澤被山海，昭三時之不害，民龢年豐，倉廩盈實也。若地之繁昌，民臻康樂，所在構璇宮，華飾廟貌，奉潔粢，肥腯旨酒，又告謂民力普存，謂其畜之碩大蕃滋，歲占大有，神降福，咸皆大吉也。

四圍在雪山支脈，鵝峰迤邐，平原蕩蕩，厥初蠻荒，蛤仔難三十六社隩區也。嘉慶元年，鄉賢吳沙，奉聖母、福神，招集結首、佃户，入闢蘭疆，即恭迎神像奠基于此。昆裔蕃衍，咸賴聖神庥德，化被瘴境，成此魚米之鄉，因尊其神曰：「開蘭聖母」。地曰：「四圍」。僉稟立祭祀，時二任通判翟淦治蘭也。道光間，三籍總理楊德昭，第恐歲深祀弛，復稟通判朱材哲，仍准公埔店地基壹拾叁甲，收租永配香祀。光緒十三年，奉爵撫再加清丈，給丈單。地租屬聖母，業掌民户，祀業永享。乙未割臺，租漸散軼。重光後土改，祀資蕩然矣。

　　夫神之馮依，惟廟是享，祀業之立，俎豆其饗，堂廊之興，祀典之庭也，人神之交孚，誠迺有寄焉。信士榮吉，源出長林之別支，宗之先，曩從墾民來此營畊，歷百餘年。吉秉庭訓，事神虔謹，從業貿遷，而鄉梓聖母之祀，心誠無貳，因感祀業之無存，仰瞻殿宇之未備，時溢憂懍焉。戊午年，起而首倡，估開蘭段吉地八百餘坪，獻為廟基，通庄響應之，五月，輒日興事，庀材鳩工，冬臘月十二曰鎮座，主祀聖母，配祀三官、福神。又期年，工成，肯堂肯構，輝映乙區矣。

　　班書郊祀云：神降嘉生，嘉其敬之不黷；所求不匱，災禍之不至，報其民能遵物序也。閤境士庶，能務其三時，修五教，親其九族，然後致其禋祀，由是民龢而神降之福，興有成，地亦盛。一地之盛，閤境之盛也，一境趨盛，一邑之盛也，龢與興，義兼壹體。斯宮之建，擇名「澤蘭」，「澤」者「德」也，德被蘭疆，由茲始焉！肇建之義，兼義大哉。斯役也，集腋而成裘，通庄龢而應，醵金贊其成，鐫鏤貞珉，名垂不朽也。告後之賢者，義更重焉。今逢落成，悉並志之。

金瓜石教育發祥地碑 民國八十七年

古之欲正風俗者，必使其有學，學，黌宮也。啓蒙曰小學，立志曰中學，致用曰大學，俱學之宮焉。金瓜石鑛山地處北臺陝區，一山村而已，古未有學。地之有學，始明治間，田中組開鑛，設基隆小學校分教場于此。明治四十三年，獨立為小學，就讀者日籍學童，臺籍子弟不與焉。臺籍子弟就讀仁誠學堂，其沿革已失考，其遺址，今碑所在，大正七年三月，改設瑞芳公學校金瓜石分教場者也，十一年三月，升格設校。

維時，學校初設，葺茅為舍，僅足僻風雨而已，且學生數十名，亦民力未遑就學歟。昭和八年，日本鑛業來營礦山，益規模，人口驟增，有學子三百餘人，而場地湫隘，間不容膝矣。是歲，第四任校長赤瀨川琹偕家長會長黃仁祥，懇求鑛業所長島田利吉，蒙其捐建新式校舍於砂鑛製鍊場遺址，今瓜山小學所在，九年完成。十年二月遷校，而舊址改建宿舍。近歲，夷為泊車地。

吁！本鑛山之開發，由甌脫而繁榮，復由繁榮而靜寂，滄海桑田，昔之茅舍，今築華屋，嚮之山徑，今拓大道。近年更由鑛業，蛻變旅遊業，前景遠大，信將歷久不衰矣。然則，學宮之建，培育人才，數以萬計，莘莘學子，啓蒙于斯，受教于斯，而後立志，而後致用，濟濟多士，嘗蒙 母校培育者，數既匪尠而母校肇建，逢八十年大慶矣。飲水思源，念當日教育發祥，校舍遷建，義尤深遠焉。可無貞石，並壽山川歟，厥立發祥碑，其供來者之面懷，匪維留一勝蹟而已。

重修宋十三郎葉公頤園碑 民國八十九年

廈門烏林之野，有宋墓一基，銘鐫「宋十三郎葉公墓」者，禾山十八社葉氏二世祖，神而後長寢之域也。公諱頤，字子平，行十三，號十三郎。孝宗朝，參知政事正簡兄。紹興間，避世嘉禾之浦源，後裔蕃衍，稱地蓮溪，開派蓮溪堂。元、明以來，昆裔支分，清漳、臺灣遍及南洋，號蓮溪之葉者，皆其後也。塋之建，乾道、淳熙間。歲月久浸，內戰以前，十八社子孫，歲祭于此。一九六二年，蒙當局列為廈門市首批文物保護單位；十年動亂，塋地遭毀，血食中斷，嗣建紙廠其周圍，久而僅餘碑銘橫倒墓側。一九七七年，市文物管理委員會普查全廈文物，踏查塋域擬列登記，第見墓存碑銘而已，事乃罷；既而中央推行現代化，開放外資，經濟復甦後，塋地亦讓與外商，將闢建嘉蓮花園。

一九八八年夏，會蓮溪在臺族裔金全，余多年過從也。知余將渡廈為移民研究，來商於余，順道代尋根，償其木本水源之思。八月初，余既抵廈，五日訪蓮溪族賢東榮，求其導詣塋地。明日，得與數族人相偕之烏林，始悉神苑已毀，靡碑誌，壙後大樹，無可復辨之。余既返臺，將所見詳告金全，贈其所攝當時照片。全有心人也，則語在臺族人。自茲而臺廈昆裔，書信往返，且與重修祖塋議。一九八九年十一月，族團聯名陳情市政當局，十三郎墓為禾島葉氏開基，其繫鷺江之開發，備重要意義，應列市文物保護重建，並登記。

一九九三年五月，返廈謁祖，因得蓮坂區民委員會支持，市文物管理委員會重視，而彙成建設發展有限公司概助，市政當局核准，從嘉蓮花園建地，收回原墓園周圍地五百又三平方公尺，准予復舊塋園。一九九九年五月，市府重新公布列第四批市文物保護單位。

吁！余以蓮溪族人，能飲水而思源，懷先人渡廈肇基，開此樂土，成彼榆鄉，事見明景泰間，同安李賢佑〈蓮溪志〉，並族譜〈蓮溪葉氏源流〉，史可稽矣。修建神苑事，即在臺宗族組織臺灣葉氏宗親海外聯誼會，相攜合作，凡歷數載，捐資、畫策、市府核准，聯誼會歷屆會長、理事等，奔走促成，今頤園修建始末也。今園之成，名取頤園，用志開族。「頤」，百年曰「期頤」，易為貞吉，「園」，樹果之「苑」，亦塋域也。樹果以茂于厥後，其徵閩臺二地之葉，既茂且盛，攜手合作，共樹之園也，其徵子孫精神之寄託，於斯為大焉。誌為感謝鼎力襄助修建此園諸當局，並二地族人外，余既知其由來，因述厓略，資告後賢，並為銘曰：

禾山之原，烏林之野，嘉蓮花園，中有頤園；爾祖神祀，閩臺情維，血濃於水，融洽乳水；
神苑既成，昭穆既序，潔粢豐盛，爾葉其盛。

日據時期金瓜石鑛山溫籍礦殤祭祀碑 民國九十一年八月

強國裕民，端賴經濟，經濟蔚勃則賴資源。維資源之屬，率皆深藏地下，苟非人力冒險拼博，無從採為世用。厥以鑛山所在，災傷層出；礦工生命朝不圖夕，由來久矣，悲夫。

本鑛山名曰金瓜石，地產金銅，日人據臺，設採於此，吾國繼之已屆百有餘年。豐產之歲，出金二公噸又餘，嚮有亞洲首一金都之譽，此俱往矣。惟本山石山里，有金泉寺廢墟，日據時為淨土宗布教所，旁闢墓田，下溪谷設火葬場。開鑛以來，遇礦殤死者，蛻化葬於斯，若乏親人善其後事，則存骸罈布教所地窖，歲時誦經以慰英靈。光復以來，改稱金泉寺，行事依舊。迨民國七十八年，鑛山封採，僧去寺荒，風雨侵殘，殿宇傾塌，佛事廢麥飯乏供矣。

維地窖中尚寄無依骸骨二百零六位，考其原鄉，多屬溫籍平陽、瑞安、玉環三邑人氏，當鑛山繁榮之際，揮別父母，妻兒，離鄉背井，渡海徠山，謀求生計者，自吾民國二十年，迄於廿四年已達二千五百餘人。廿六年，會七七事變起，中日開戰，來此同胞返鄉路絕。久役礦坑，身罹矽肺，命歿異鄉，因無家屬親人善理身後，僅付荼毘，寄蛻於此，嗚呼！傷哉。夫此亡者，生前來山，亦為地方之繁榮，人群福祉，社會經濟之昌盛，傾力以赴，卒以積癆，捐軀於此，成無名英雄，事著典籍也。毋奈其存其歿，家莫聞知，時人惻憫焉。

民國八十八年石山社區理事長吳謙次與陳阿仁、徐門二氏，目睹地窖失修，風吹雨打，骸罈破裂，白骨暴露，心不忍而募資維修之，更新骸罈，中元設祭，而地方響應定為年例。瓜山里前里長張文棨，發布消息經傳臺北市溫州同鄉會，同鄉聞之咸感惻痛焉。即遣人回原籍，登報找尋其家屬，詎知久無所獲，遂規劃立石以誌其事，且鐫亡者氏名於碑陰，用昭勞績，免淪失考。斯議並獲金瓜石諸里里長，社區理事，父老贊同，金泉寺管理當局臺灣糖業公司允撥用地，同鄉會鄉親長者捐貲，共襄功德。緣立碑碣，用志永久，自今而後，祭之有時，幽魂來饗，豐碑可依。

洪岱蔡氏祖廟重修碑記稿民國九十五年

世言朝代之推移，有興有革，宗族之傳衍，有聚有散，茂則枝分，蔚而葉盛，布始一邑，衍被一府，繁華通都，乃及海外，茂族之常理，豈惟堅守一域已耳。

洪岱之原有祠宇焉，大宗蔡氏不遷之祖　德明公神棲之庭也。公固始之產，盛唐時，自光州隨長兄德軒，從開漳州主文惠王入閩，官右衛將軍，結秦晉為王姪婿。漳既平，定居溪邑鴻山，圭璋相承，世傳於此，千三百餘紀矣。支庶既衍，漸及龍溪、海澄，概及通郡，而歲時合祭禰祖，兼序昭穆，洪岱祖庭由來也。

祠之初創，歲久失考，維祠之毀，明末清人入關後，重建乾隆十八年，漳浦文恭公有碑誌之。復其後，盛世不一，動亂時踵，內戰以來，堂廟頹圮，祠祀弛廢。一九九五年，廈門、龍海各支族裔，懍於祠淪丘墟，乃募資而重建，復前後二殿，山節藻棁，巍巍神宇，今所見規模也。工既成，復經我漳廈宗親會商議決；以德明公固本宗不祧之稱，惟蔡氏得姓於玄祖叔度，率德而馴善與於仲公，是世論子姓之源，俱推於始祖蔡仲，追維舊德，仲公之祀，其可不修歟；事乃議決，而升祠為廟，中祀仲公，竝祀宗祖允恭，禰祖德明，配享伯祖德軒則唐代長眉公者，並及宗賢新，五神像共享血食，並昌子裔，斯為升祠而祖廟也。凡洪岱之子姓，所居勿論海內外，諸子若孫，維今惟後，維廟是宗焉，爰述興革以為記。

蓮溪堂葉氏家廟重建碑記 民國九十六年

廈門市篔簹港之東南，昔名蓮坂；蓮坂有家廟蓮溪堂者自清以來，為嘉禾嶼禾山十八社，槩及閩臺二地，本宗之祖庭，其倡建雍正丁未歲貢，仙岳葉其蒼。維時建構之美，聞於遐邇。二零零三年，都市整建，既拆而去，復經海內外族親與世界葉氏聯誼總會鼎力襄助，後二年，蒙市政當局劃地百平方米，資重建基地，涓吉是歲夏曆十月初四日奠基興建，落成零六年夏曆四月十四日：巍巍然，形質量之宏壯；森森然，奉祖禰而神棲，肅穆雍和，重現閤族序次昭穆之庭也。

夫葉氏一族，諸梁葉公之裔冑，南來開基禾島，已歷千年，開基一世祖霆，諱文炳，字晦叔，宋孝宗朝，誥贈尚書樞密院使，左僕射平章事。二世祖頤，字子平，號十三郎，抗金死節，塋在嘉禾里烏林。一九九九年，兩岸族親重修墓所，復規模，題名頤園，今列市文物及涉臺保護單位也。

余聞葉氏之開族禾島也，宋隆興元年。譜載：方其經清漳之充龍，擇基移此，初寓浦源之左，既而目睹蓮坂之野，控篔簹、眺仙岳，垣固而聳，符衍族之發祥；水迂迴，地豐厚，生氣所聚，宜禾稻之滋長，乃墾乎此，時乾道元年歲在乙酉。既而族蕃裔衍，農漁工賈，潛德而耕，至明正統十三年，十三世裔普亮，第戊辰科進士，官臺省：歷南京清軍御史、補北京巡城御史、轉河南道監察御史清理諸路戎政，著譽政聲，鄉人德之。邑志載：普亮嘗與商輅等策馬觀榜，背記人名，輅一覽無遺，普亮遺三名，另一人遺七名，時有天下三才子稱，其後，歸養在籍。

天順三年，竟被訐揚，玷塵班品，上命按之，命輅下閩，究詰將籍家。輅知普亮剛正，陰助之，族人聞報，棄家逃避，以牲畜代過得免。由是，劫後或返家園，或易地衍宗，支分派別，厥禾山十八社之禰分也。清以後，又有族人梯航浮海，而有臺灣南北二路之葉，惟蓮溪祖庭迺成海內外，歲祀先祖所在，為不遷之祖。數百年來，風摧雨侵，有毀損，則族人認捐而修，自詳於堂內黑石坂記，洎一九九四年之重修，即由本宗海外聯誼會暨蓮坂族人，聯繫十八社及臺灣宗親，共襄盛舉，迺告底成。

維此次重建，更獲閩臺族親與舉世宗親總會飭力以赴，工既成，廟貌巍峨，復輝映於禾邑；崇功報德，頌祖業於無窮，既出奕世，若子若孫之至誠。今慶落成，可無貞石記其盛舉歟；因述沿革，鏤諸貞砥，語後昆之賢者而為志。

重建後湖福德宮沿革碑民國九十六年

古者二十五家為一社，社有社神，故封土立社，列祀典，序爵以公，土地公之由來也。享血食，佑農桑，民德歸厚，其由茲乎。

后壠福寧里之後湖，位次前湖之東，有祠祀土地，初僅石板三方，相疊成宇，其源邈遠，不可考矣。維自吾趙氏太祖派卅九世祖孟仕，由十班坑移墾來此，即由趙氏一族奉祝，祠圮則修，已去二百餘年，而今歲又逢重修，因述歷年興革，以語後之賢者。

孟仕諱信，渡臺祖與杰長子，其生乾隆卅四年，嘉慶十年來後湖，搭寮寄居並墾其右，衍宗之由始。一日午後，祖妣林氏偶就祠畔，束柴薪，忽聞陣陣檀香，而心有感，即跪地祈求曰：「神苟保佑，禾稻豐收，生計定定，定塑金身，重建神宇。」越後數年，所祈應驗，乃令其子光正，建祠還願。光正通堪輿，因自擇地完成石造土地祠，時道光廿一年秋，歲在辛丑也。

夫祠宇所在，青山葱鬱，綠水環繞，堂前水田數頃，日麗時，白雲悠悠，鷗鷺翺翔；神宇所倚，丘陵邐迤，修竹茂茂，祥禽鶯囀，世之桃源，莫過如此耳。

民國五十八年，祠久失修，遂由四十三世禎祥暨房侄惟得稍事維修，今已三十餘紀而風雨之飄搖，遇雨則滲漉，加上堂構低矮，祭拜不便。九十五年冬，經四十四世春發，詳為勘察後，即與族兄惟溪相商，而重建議起。惟溪旋令其子秋榮，奔走促成，明年四月廿一日夏曆三月初五日也，重建委員會成立，並推春發為主任委員，傳旺總幹事，且獲地方士紳暨趙氏闔族熱烈響應，獻地、捐貲，悉出至誠；夏曆三月十七日興工，經七月有餘而新宇底成夏曆十月三十日，曰後湖福德宮，並將原祠碑銘鑲於神座後，牖誌千秋。斯役也，計費叁佰伍拾伍萬肆仟伍佰元。有云：前人雖創之，猶貴後人力贊以成之。今慶新宇屹立後湖一境，神其棲之，民乃祀之，人神交孚，福厚乙境，眾生康寧，其罔替亦由茲也。

行誼類

陳公其寅曉齋先生行狀民國八十五年

陳公諱其寅，字曉齋，斯受業以　曉齋夫子尊之，禮也；世恆先生稱。其先，閩惠安之三鄉，有「琅玕陳氏」者，先生本源所由出也。元、明以來，累世耕讀傳，高祖遜鋒鄉飲大賓，曾祖壽侯，祖瑞卿俱國學生，服儒世芬，著揚枌榆。光緒中，中法媾和，考兆齊，字思賢，來臺考察商務，觀基津良港天成，勢登大埠，擇居而從懋遷，偕友組「金建順行」荷經理，能忠於事。甲午戰後，閩、浙賈舶不至，商況頓衰，思賢隸泉郡，藉交誼電招海商來航，沉淪復振，今《市志》有傳，先生即思賢公次子也，因誕于斯，遂為基隆人。

先生自幼，姿表瑰麗，睿質天稟，年猶髫齡，思賢公躬自啓蒙，使背《毛詩》兼就外傅基隆公學校。將畢業，值民國肇建，慮久後數典忘祖，攜之返閩，令受儒學薰陶、數從名師、力倍螢雪、涉歷古今經典。並畢業福建省立第十三中學，又負笈福州英華書院。

初，民國五年，思賢公以「金建順」解散，轉自營「和春號」本街，從臺日貿易。越四年，先生自榕歸，即攜之扶桑，俾儒能兼商。明年，思賢公竟病猝逝，年五十二，而先生方弱冠，學未就，即倉卒返臺嗣家業。惟值歐戰後，百業蕭條、經濟板蕩；「和春」經營受挫，資金虧缺，至讓房地產償債外。又八月，養兄其新以瘵亡，嫂氏郭，攜二孤來基奔喪，遂遵嫂意，齎遺粒典債贈嫂，己負還債責，送嫂氏奉母返閩去。經五載，債清產復，即迎母氏親自奉養，人稱其孝。

其先民國八年，思賢公嘗投資本街「老建和木行」，既而中惡，事繼先生，先生能承其業；數稔力事，經營復見曙光，頗獲利。合夥者以善運營，咸推崇之。十五年，悉委佐理。先生雖儒而服商，甚能度時勢，運籌調濟，業更大成矣，未期二次大戰發，木業遭日閥統制，告歇業，家亦避戰禍徙居暖暖庄，次光復，始返。

三十四年秋，日閥敗臺亦重光。先生復振作，時市廛既燬兵燹，街衢宛形廢墟、糧食奇缺、民多菜色。先生所居，更名仁二路，因就廢居營埠頭貿易，曰：「德昌行」；招徠舳艫，躉批雜貨、土產、食品等物，由是滬、榕、泉商品湧至，裕富劫後民生物資供需，繁榮市場外，嗣改對外貿易；電氣器材之輸入，更裨益本省工業之重建，電機產品之自製，乃至經濟之臻勃興，與有力焉。次則，重光之後，臺與故閩，祇隔黑水，一葦可杭。陳氏琅玕同族，衍蕃三鄉，地卻磽确，火耕維艱，生計困巨。海禁大開以來，眾多過海南洋，求謀發展。

清末，思賢公來基，族人渡臺亦繼之，實啓先河。後以世變，中堂割地，日禁華人渡臺，令既嚴苛，眾亦卻步，今雖失地既復，踵而內戰，鄉人復以臺地四際汪洋，宜商宜漁，多視基津若避秦桃源，相率浮海。洎登此間，人多地狹，謀生匪易，先生念同枝之情，慮其流落無依，輒多納之，或因材安置，媒介職業，或助經營，使有所寄。久而琅玕之陳，族夥成團，處流寓而閤族且為「琅玕宗祠」興建，舉先生族長。服屬無分遠近，遇事相扶，維長是賴，先生從靡以親疏，或藉故而推辭。

先生燕居，始民國八年，思賢公為嬪聘故土東園鎮望族黃翁九高長媛鏡，時年十七。稟性婉順，雍容和藹，既迎，主中饋，繅絲績枲，舉五男六女，伉儷相處七十餘年，閭里稱其賢焉。民國四十七年，曾膺基隆市第二屆模範母親獲選，詩伯張昭芹、成惕軒、李漁叔、陶芸樓、張作梅、謝敏言、葉子佛、周植夫臨第致賀，有詩紀盛。

先生之問學，初抱中西並重，維及甫冠，改志趣鄉邦文獻，思賢公嘗授琅玕八世族祖伯侗公遺箸，屬刊之。伯侗諱稚愷，字燕宜，明季諸生，生逢明社鼎革，抱鮮民之痛，終生不仕；隱德著述，至嘔血脩譜，卻憑未湮墨迹，維繫宗族於不祧。先生捧讀竟掩卷低佪，深受啓迪，治產之餘，隨手執卷，研道索微，探頤舊學，數十春秋猶如一日。卒致沈浸而濃郁，含英咀華，融會貫通；蘊聚而文，則用句典雅，辭藻渾厚，儕輩誦傳，論著亦與日而盈篋焉。

六十四年，因鑒年近大耄，諸子俱已自立，遂自商場引退，靜處所居懷德樓整理舊作，讀書自娛。時先生固云：「以期寡過，亦不與聞世事。」維夙雖坐賈，業卻依儒，厥三臺聞達，咸以先生逸在韋布而學貫中西，遠去鐘鼎而名聞遐邇，苟共一席，勝讀十年。既而朝野賢達，投刺求見，席不暇煖矣。

蓋先生處世，主明君子所守，實事求是。時言：「古之文章，訓辭邃奧，義多規鏡，雖知學之之不能至，學者，應不以為不合時宜而廢。」藉勵後學，莫偏求新，亦莫拘泥。若論時勢，又言：「臺自重光，兩世太平，民不知兵，久矣！人心渙散，世道淪亡。況乎時人，重利輕義，陷泥不拔。位廟廊，執喉舌之士，又邪曲民意，亡安危，海上之禍，誠堪慮云。」見其衛道之情，愛護鄉土，心繫安危之深。至于言詩，又自謙：「並不能詩」；嗣至「歲戊寅，始受族兄仲璞鼓勵，自是吟興漸濃。」維在民國二十年，基津許迺蘭結大同吟社，已加盟外。二十五年貂山張廷魁，奎山陳望遠，倡設鼎社，先生則代大同與盟。

三十四年，繼迺蘭長大同吟社。嗣是，德望凝聚，才識蘊匯，吟味所作，渾如嘹喨，氤氳唐響之外，尤備紀事之功，非徒呻吟已耳。

四十八年，《市志》之脩，先生主纂〈人物〉、〈文物〉二篇。餘凡邑內叢林殿宇，壇廟宮闕，暨貞石，鐫摛詞，亦多歸為文。五十一年，堂構「懷德樓」成，黨國大老于右任、書法大家曹秋圃，既親題字，復臨錫賀。名士許君武、伏嘉謨、劉潤西、施梅樵、鄭蘊石、易君左、謝敏言、吳萬谷在世，暨海內諸大詩家，亦時過從或藉寄吟傳音。陽新成惕軒先生，歷位掄才大計，序題先生曰：「炎陬之俊流，澆俗之貞士哉」。三十稔間，引為文字知己，歲及臘半，必一蒞基，促膝問禮，今嘆已矣。

先生平生，雞鳴而起，燈蘭而息，起居存律；飲食有節，煙酒不沾，進退有度，遇事謙恭；敬重斯文，輕富貴，睥睨趨炎，而守正氣。其睦族黨，則撫孤恤貧，不計親疏，喜慶躬賀，悲亦分憂。苟其鷗盟，故舊新加，鴻雁來往，歲時問候，亦微間斷。過從論交，待友慇懃，言則侃侃；後進來見，誨亦諄諄，議而諤諤。涉時事，又誾誾歷數，微矯掩，斯儕輩或地方之士，咸以謦欬其側，拾言笑為獲益，敬謹而不憚。

然則，仰惟　先生，壽登耄期，風骨傲霜，德既服眾，嶽氣星耀，鶴相天稟，四代同堂。舉榮典：即五十七年，全國第二屆「模範父親」；六十年，本市「孝悌家庭」；六十九年，「全國模範老人」；七十三年，台灣省「長青楷模」，蒙　主席邱公頒贈「遐齡碩德」匾額，名實至矣，猶自云：「食德服賈，守序雅頌，奮意詞章而已，匪敢云用世也。」謙恭如此。是歲以來，猶兩脩譜牒都三十一卷，摭拾遺支，克承族祖伯侗遺業，收族防失。其餘大著四部，亦陸續行世，期頤可期矣。詎料今夏六月，閩南旅基鄉眾將建會館，涓吉奠基而邀先生，親臨破土。炙陽下，炎蒸酷迫，典禮成，人亦水竭矣。第歸，踵而客數至，致疲渴過極，旋住院療養，稍瘥；未期秋後，病復發。返院求治，毋如春秋既高，疾轉革。悼於十一月七日立冬之日怛去。先生生於割臺後之光緒二十八年十二月初五日；歷明治、大正、昭和、民國，享壽九十又五。

嗚呼，噩耗既傳，儕輩同悼。子德潛，德培等率諸孝眷，並依其故俗由琅玕在臺族昆為備後事。擇吉於民國八十六年元月廿二日歲丙子臘月十四日，將藏遺蛻台北縣八里鄉龍形之原。蓋先生於己巳歲，嘗營生壙於斯。後三年，黃夫人先歿，殯在右虛，今乃遵屬窀穸左預焉。

先生有五男六女，長男德祖未娶歿；次德潛，畢業國立臺灣大學經濟系，第甲考優等，公職監察院審計部簡任稽察，已榮退；次德培，省立基隆中學畢業，夙佐家業德昌行暨大文織造公司財務，後應聘永光與關係企業，今亦退休；又次德光，幼殤；季德欽，營織造廠，強仕之年逝。諸女長者惟淑敏、淑純，已逝婿家。長孫青松，臺大商學研究所結業；次孫青州，淡水工商學院畢業；次培子青岳，國立成功大學碩士；次欽子青龍、青魯，俱上庠畢業；餘諸女孫十四人，或留美得碩士，或畢業國內上庠，亦多優異。曾孫雲章輔大在學中；曾孫女雲錦等內外共二十一人，亦均就學中。

受業本蘭陽之產，蚤歲寓基，至丁酉、戊戌間，友其次公子德培獲遊先生之門。由茲以來，屢承啓導殆近四十載，嚮以私淑事先生。先生曰：「余與子，亦友亦師可也，毋用師徒名。」既而又抬愛，凡惠翰札，輒呼「老弟」。間乞墨寶，款亦如之。寵鴻庥之情深，斗望　嵩華，慕仰之私奚有止也。客歲暮春，之基問候，先生曰：「頃者周植夫來云：『園與先生交五十年矣，未曾畀一墨，敢乞數句增輝蓬篳』。余諾之，遂剖楮為二，已書一條幅貺植夫。今存另半，擬書與子，子意何如？」時雀躍而乞賜之。越數日，先生果署日端節，錄蘇子瞻「前赤壁賦」後段，捲而畀曰：「夫蘇子所云：亦爾吾之所共適也。」於時極愚鈍，惟拜而領謝，去今匝歲又半耳，而先生化鶴去，始悟先生，寧匪示愚，意若客所云：「挾飛仙以遨遊」，「抱明月而長終」今其俱已矣。

吁！今日雨港朝野，仰　先生之盛德，將加等為推　飾終之典，因屬為述先生行誼，雖愚鈍，敢以不文辭乎。爰述　行誼而易狀者，更懷　碩德也。

歲在丙子冬十月十二日小雪

傳略類

雙溪鄉志稿姚德昌傳民國八十八年

姚德昌字嶷峰，原籍桃園大溪，生於日據之大正元年，幼以家貧，直及年十一始入日制公學校。惟性好學，課餘至從塾師學習經詩，奈以生計蹙迫，年十四，則輟學為煤礦夫。至昭和十年，聞瑞芳一地鑛業蔚興，乃奉父母移家九份。時值產金量旺盛，各業人才薈集於此，若名儒李碩卿亦來九份，絳帳陳望遠家，德昌因師之。未數年，以記憶力特強，又勤於學，遂儘得碩卿其真傳。

光復後，移居金瓜石任守衛隊文書，時際兵燹方熄，民生維艱，盜金者猖獗，名「做九堉」，其所得雖僅糊口而已；惟被逮者悉論罪送法監，據輕重以徒刑。德昌以文書，遇案作筆錄；凡據實為言生計者，多徇其實力陳上司從輕發落，為里閭德之。明年，「二二八事件」發，守衛隊解散，德昌復回九份，營豆腐作坊基隆山下，並置塾，授課維生，而生計稍改觀矣。未期民國四十一年，會以連朝豪雨，一夕洪發，作坊建基隆山中停，山既崩，父母家人八口俱遇難，僅德昌與一幼女在外，得以倖免。

其後，年逾耳順，鄉紳李建和為省議員，憫其遭遇，且聞其賢，禮聘為文案，遂移家瑞芳，兼教維生，嗣被舉道教山長。六十年，建和卒，高忠信董座木柵指南宮，亦聘為從事，極受禮遇。其先，且娶暖暖名門周氏為繼室，並立族子一人為後，是以晚年亦趨安康。

惟德昌平生，雖遭際多舛，卻能怛惻胸懷，於名利則恬澹靡有所求，案牘之餘，授課傳薪，更不廢倡導吟哦。又念蛩歲來山時，因從李碩卿為學，得入門儘傳其業，凡為詩亦秉師門風骨而外，曩日碩卿嘗組奎山吟社，而德昌以門生列社員，事雖相去數十春秋矣，仍不忘師門所教，除司鐸益勤，更以重興奎山為己任。斯其生計安定後，則入貂山吟社為社員，至七十二年，任副社長；七十六年，晉社長；七十九年，會與基隆詩學研究會，蘭陽仰山吟社重組昭和中，碩卿所倡設鼎社，恢宏三社聯盟；稍償厥初宿願。八十二年，貂山任滿去，又二年，門人楊阿本組詩學會，曰瑞芳鎮詩學研究會，被舉理事長，為瑞芳一鎮自碩卿以來，詩社之重興。八十四年九月二十七日以病卒，年八十四，有《笠雲齋詩草》行世，門人所輯也，左達五言其詩若放翁焉。復其後門人楊阿本、盧坤更為立碑九份山上，報其德也。

天籟吟社張夫子天倪先生傳略 民國九十九年

民國九十九年歲在庚寅十月三十一日，臺北天籟吟社將為創社九十周年紀念暨開社慶聯吟大會於松山奉天宮之凌晨，本社第五任前社長；現名譽社長張天倪先生，遽逝馬偕紀念醫院。越一月又六日，張府二賢郎將舉行家祭後，接行公奠而奉厝三芝鄉白沙灣之原之前，天籟同仁槩及曩日，嘗受學於先生諸同門等，為感念先生傳道之恩、解惑之情，於將助張府孝眷，榮其飾終之典同日，擬將輯同仁等輓弔恩師之聯對與弔辭等，附〈傳略〉以成冊，贈送執紼人仕，以銘謝也。有云：「師恩者，僅次父母之恩也。」今天籟諸賢君子，懷解惑於師，念師恩之厚重，於此師道、師說，淪於頹廢之叔世，匪維兼具挽頹振廢之功存焉，亦禮之誼也，衰次之前，由門人某，來求書狀於余，余之與先生，一屬礪心齋，一出捲籟軒，源攸同而支分也，能以不敏辭乎！因易〈事略〉而為〈傳略〉，庸告世之賢者，是為序。

先生諱國裕，字天倪，張其姓，今以夫子題此傳略，尚師道焉。其先閩之同安人，初澹北移墾之際，其先人某，梯航來臺，擇墾大佳臘平原，內港北溪之畔，今市立美術館後其宅址也。亦先生一家在臺始基，其後裔衍而為臺北市人。蓋斯港畔，荒地廣蕩，平原遼闊，旁員山為曠野，聚劍水之靈氣，宜耕宜讀，符衍宗之地耳。後數年墾而有成，至其大父宇公時，已為地之素封，望重鄉梓。父振玉，能承家業，母陳氏，淑德譽於閭里，時人猶能樂道其家風之具仁義襟懷焉。先生為振玉公次子，生於日據之昭和三年二月十二日，自幼瓌秀其表，慧敏其質，稍長而器宇軒秀，天資莊重。齠齔時，其兄國英先生，嘗持《千家詩》一冊與之，並教誦習，先生年齡雖少，卻如獲至寶竟日背唸，由茲植下平仄基礎；再加椿萱義方之教，概王父殷殷之善誘，嗣就外傳大龍峒公學校，更勤於學，得以前茅畢業，續考入淡江中學，以學業績優，師長目為可造焉。

惟時際二戰末期，學業已將成就矣，奈以臺受兵燹之禍，經濟頓陷艱巨，日治當局又為貫徹皇民化政策，竟鼓勵臺籍優良子弟，入讀軍事學校。先生為減輕家庭負擔，遂報考日本陸軍航空隊少年飛行兵獲錄取，於昭和十九年，渡日入讀少年飛行學校於奈良，嚴受其人軍國主義式教育，槩勵以武士道精神。惟於先生卻由此嚴鞭之教，凌暴之育，喚醒自覺，反養成綦嚴道統，重視萬物，汎愛眾而親仁之思維，尊重大自然之至理，於其後之生涯，創事業之歷程，深具啓示之儆焉。

民國三十四年秋，日人投降而臺灣重光，維時先生雖於彼邦復員，直至經年始得遣送返臺，卻以兵火之後，百業蕭條，到處求職，數遭挫折，始得受雇迪化街一游姓所營貿易行為夥計，未期其行址適與書塾礪心齋毗鄰。夫斯書塾，稻江名儒林述三先生絳帳之塾，傳經以來，已歷三世，方由其長君錫麟先生主講，屋椽比桷，書聲朗傳，既而先生亦得入門執弟子禮，重拾漢學機緣焉。在學五載，日工夜讀，盡得林氏家學真傳，其間並加盟述三先生所創天籟吟社，經書之餘，竝寄情於風月，厥奠後日揚吟旆於騷壇，著譽鷗盟之由來也，寧匪機緣歟！

四十年八月，會國府在臺徵集第一期常備兵員，先生因適役齡，復入伍服役，在營一年又四月，期滿還鄉，奉嚴命成家，迎德配黃寶治女士，婚後伉儷情深，事業漸成。初自吉富五金行會計，星隆貿易股份有限公司經理，轉宇發實業股份有限公司總經理，凡所執事，周詳獨到，同儕以商場良駟譽之。蓋其所捕捉，無不精準而著，匪浪得之耳。

六十年，會臺之經濟蔚勃，因與數知己共創事業於太原路，名北辰企業股份有限公司，專司對日懋遷，被舉董事，復由董事晉常務至董事長。創業之初雖數遭波折，仍於先生領導之下，挽頹振作，轉虧為盈，至于執所業之牛耳；果如命名之寓意，若北辰之居位，而眾星拱之，是服儒而能商焉。

先生事業既有成，又顧先賢「行有餘力則以學文」之訓，認為詩之為學，既為自幼從學所好，更不忘礪心齋師門一派，薪傳雅頌以勵社會風氣，淨化人心，延續古典文化宗旨。況乎，憶自厥初，忝為天籟社員以來，每逢同儕以吟會盟，亦無不率先響應，吟旆所至，橐盈笥篋。時見什一之作，為前輩名士李漁叔、張作梅、莊幼岳、蕭獻三、陳皆興諸君子所勉勵，見識益廣，詩囿益寬也。

六十一年，會國際桂冠詩人學會舉辦第一屆世界詩人大會於菲律賓時，大會當局正式函邀我國接辦第二屆世界詩人大會於臺灣，遂由教育部轉邀在臺新舊詩社各立案團體，接辦斯一國際性文化活動後，至次年八月，因響應熱烈，遂有中華民國詩社聯合社之成立，並由籌備會當局號召南北各傳統詩社與詩友加入，共襄盛舉。先生亦與師門天籟師友，多人加盟之。既而第二屆世界詩人大會亦如預期，在臺北市舉行。

六十五年，復因響應最高當局復興中華文化號召，詩社聯合社正名改組中華民國傳統詩學會，高雄陳皆興膺任第一屆理事長，至第二屆遇秘書長出缺，先生時為理事，則由理事長推薦，由理事兼司其缺。後三年，師門林錫牙先生出任第三屆理事長，先生轉任常務理事並兼副理事長。其間，並自六十六年七月，當選臺北市詩人聯吟會副會長，輔佐會長蔡秋金推行會務。七十一年六月，詩人節慶祝大會之舉行，並與天籟社員林安邦並獲傳統詩創作獎。

惟其先於六十八年八月，第四屆世界詩人大會移地韓國舉開時，先生則列我國代表預團員，出席大會於漢城，至七十年七月，復出席第五屆大會於美國舊金山。繼則七十三年，第七屆大會於摩洛哥馬拉克西；七十五年，第九屆大會於印度；七十七年，第十屆大會於泰京曼谷；八十二年，第十四屆大會於墨西哥蒙德雷；八十三年，第十五屆大會，復於我國臺北市；八十五年，第十六屆大會於日本前橋，凡七次為我國固有詩學，爭一席應有地位於海內外。其第九屆於印京馬德里時，並蒙世界藝術文化學院頒贈榮譽文學博士學位，享譽海外，更為詩壇佳話，同儕稱之焉。

斯以眾望所歸，八十年始，即真除傳統詩學會第六屆理事長，聯任第七屆；八十七年，任期滿，讓其傳統詩學會會座，適師門天籟吟社先後任社長林錫牙、高墀元二先生相繼仙去，社務淪廢，先生復以重振社務為己任，回社接掌會務，再新會籍。其先因當局推行民主，傳統文化再受重視，社會教育應時而興，各地既有社區大學之設置，而學詩、讀詩、寫詩亦為大專院校納為主課，先生因自其間於士林社區大學授課作詩始，或受聘大專院校、高中、國中、至于國小各級教育學校，擔任主講或評審，於詩教之發揚，雅頌之重振，盡心盡力。厥以求入其門，執弟子禮者，自未囿於在學諸生，斯聲教廣披於遐邇，今日詩教之昌盛，社史自有著墨之。

惟先生之執詩教，並非僅止於章句平仄而已。或云，其於詩課時恒言：「古人論詩，既不離於六義，即今之為詩，仍須嚴六義而外，猶有二事，務求慎嚴。」蓋其所主張：學者為詩，切莫為啞詩。然則，疊字絢麗，用典幽深，句非己出，鋪排敷衍，此為無情之詩；描述極致，寫景如繪，風湧雲飛，卻盡褒美，此無意之作。無情之詩，無意之作，文字遊戲而已；此非「啞詩」而何耶！又云：詩須符合母音，便於朗誦，利於吟唱，嚴尚諧音。諧音者，中原正音也；若為詩而用辭佶屈聱牙，典雖美而句艱澀難讀，不順口，不暢達，亦「啞詩」之倫也。且言：「天籟調者，其師傳自中原之調，于今歷百年，薪傳數世，中原正音也。」斯其所主論云。

九十九年二月，先生年登大耄，而天籟吟社始創社以來，亦將屆九十年之慶，乃於二月間讓社座於後賢，並被舉為名譽社長位，且擬於十月間，舉開天籟吟社創社九十年慶以及聯吟大會於松山奉天宮，因由春初始為籌備大會之順利運行以外，且為本社留下九十年信史，自多年前即接受研究生潘玉蘭訪問與提供資料，撰寫《天籟吟社研究》亦已上梓行世，將擇於聯吟大會日分贈各界矣。詎至十月三十日，將舉行大會前夕，積勞病發，雖急送台北馬偕紀念醫院治療，至是夕轉革，竟於大會將開之凌晨，安祥卒於院中，年八十三。有子二，益親、益授。

民國九十九年小雪後一周稿
越年三月春分重訂

卷三　莫月娥詩選

卷三　莫月娥詩選

民國四十五年　西元一九五六

賞月

一鉤兔魄露嬌妍，斜掛雲衢望似弦。今夜何須愁作客，舉杯邀飲興無邊。

小樓夜坐

幽居斗室樂平生，抱膝清談笑語傾。豈獨元龍先得月，湘簾不捲印蟾明。

種菊

殷勤自植傲霜枝，灌溉朝朝到竹籬。絕好三秋時怒放，使他靖節亦情痴。

秋色

白水長天鳥道侵，疏籬菊蕊正浮金。遙瞻曲岸丹楓影，一片吳江冷客心。

銀河

星漢分明月是鉤，橫天不啻一清流。可憐牛女相逢夜，隔斷盈盈共訴愁。

雪夜

兀坐幽齋漏鼓沉，漫天玉戲冷羅襟。侍師幾似程門立，醒覺飄飄已尺深。

寒　松

歸棲白鶴舞蒼蒼，耐冷槎枒歲月長。自古大夫高氣節，晚年獨秀獨凝霜。

林獻堂先生輓詞

尋聞振鐸為民謀，浩氣沖宵孰與儔。已渺音容留史實，灌翁碩德配千秋。

蕭　史

豈遜桓溫弄笛時，瓊簫一曲使人癡。獨憐跨鳳成仙去，無復秦臺徹夜吹。

楊太真

清平調奏笑嫣然，飛燕何堪共比肩。省識不如牛女會，馬嵬遺襪有誰憐。

寒　窗

月落霜飛夜已深，疏櫺燭影照清吟。漫嗤十載空株守，尺蠖何曾屈壯心。

冬至雨

律管灰飛歲欲闌，瀟瀟盡日鎖眉端。鄉心滴碎陽生夜，未得西窓剪燭歡。

民國四十六年　西元一九五七

介子推

事君割股實堪欽，足下名揚到如今。笑煞亡人貪爵祿，綿山焚死亦甘心。

春　宴

屠蘇醉飲各言歡，如駛光陰又履端。酒滿清樽同北海，賓筵齊獻五辛盤。

閒　吟

銀燭光搖映繡帷，紗窗夜靜坐敲詩。豈無尺蠖求伸志，穎脫毛囊也有時。

空谷蘭

澗壑堪憐九畹根，幽香風送斷人魂。質同秋菊誰為佩，馥馥岩前對日昏。

范　蠡

黃金鑄像表英姿，霸越亡吳克難為。省識弓藏甘遁迹，五湖煙水載西施。

雪　藕

絲絲斷續濯銀塘，消夏佳人盡日忙。生就淤泥都不染，可憐七竅潔冰霜。

曉　粧四首

雞聲唱徹曙明時，雲髻輕梳玉鏡窺。獨坐懨懨新睡臉，懶將螺黛畫蛾眉。

纔看初日照流黃，厭點朱唇倚臥床。甚欲摘花頭上插，繡鞋閒步出西廂。

露濕空庭尚未乾，輕衫細帶怯春寒。幾回思欲當窗下，理鬢簪花轉畫欄。

清風意氣自寬舒，早起襟懷俗慮除。欲理時流鬢髮短，綠波瀲灩恰相如。

驟雨

豈是天公洗甲兵，沛然急似大盆傾。東阡滿水西阡旱，恩渥如何兩樣情。

月鈎

眉痕光細最堪憐，斜掛雲衢照大千。莫笑嬌羞粧半面，應知三五樂團圓。

桐葉

金井飄飄數片黃，不隨溝水出宮牆。更無才子題佳句，棲宿待看有鳳凰。

秋日登鳳鳴山

一路秋光好，雙溪水又清。魂銷登石磴，膽壯入雲程。最愛參禪意，能教了俗情。鳳鳴山上望，鼎足寺分明。

朝曦

晨光初映小窗帷，照我妝臺起畫眉。早覺向陽春更好，曉行蓮步莫遲遲。

蝴蝶蘭淡北吟社三十五週年紀念大會

渾如蕙草美人情，空谷幽香過一生。翠葉露根纏古樹，黃鬚粉翅茁新莖。難教變態莊周夢，不聽傷時孔子聲。處世清高秋佩感，誤他謝逸作詩評。

春痕

花陰柳影最難描，艷跡與懷感六朝。芳草踏青人去後，鳳鞋步步見魂銷。

民國四十七年　西元一九五八

閒夜吟

小樓簾捲倚窗時，鏡檻斜開瘦影移。好是一痕天上月，玉欄干畔照修眉。

毛遂

自薦能教楚訂盟，平原門下客皆驚。看他一脫囊中穎，愧煞因人十九名。

孟嘗君

珠履三千博盛名，能容彈鋏訴衷情。馮驩市義謀歸計，就薛欣看父老迎。

出水蓮

不染淤泥潔一身，芙渠獨秀豔天真。吳姬欲採羞含妒，未及嬌紅別樣新。

梅影

著煙籠水總迷離，一段香聞月滿枝。若道羅浮人夢醒，花陰倩女益淒其。

謹和黃文虎先生瑤韻

迴吟佳句氣沖融，處世難逢黃石公。小技何堪同孺子，宏才久已仰詩翁。應知柳絮飛如雪，漫把丘陵去比嵩。自愧許多書未讀，浮沉學海渺茫中。

附黃文虎先生才女吟　為捲籟軒女高徒莫小姐作

絳帳當年豔馬融，軒傳捲籟又黃公。莫家賞識真才女，佳處涵存甚老翁。道韞能吟祇柳絮，蘭英博約動衡嵩。隨時氣得江山助，多在春風化雨中。

冰箱

貯藏魚肉冷悠悠，恰似乾坤冱冽收。巧製不容侵暑氣，涼餐涼飲解人愁。

彈琴

玉軫金徽奏暮天，勾挑指下有誰憐。祇今塵海知音少，莫怪無心理七舷。

馮驩

頻彈劍鋏感難休，豈獨無魚作客愁。抱有高才能市義，三營兔窟獻奇謀。

義犬

宋鵲能馴孰比肩，雄威夜夜守門前。蒙恩報主人何及，搖尾端無為乞憐。

岫雲

一片無心逐不開，從龍意欲出天台。筆峰五彩看籠處，自有文章絢俊才。

醉西施

東窗笑倚艷天真，酒未醒時又帶顰。絕好姑蘇臺上月，照他沉湎捧心人。

池魚

活潑揚鰭止水間，陂塘唼影恣人看。倘能燒尾風雷挾，一躍龍門亦不難。

詩城

咳唾珠璣作壘堅，鴻才李杜世稱賢。也同萬里嬴秦築，五字由來孰比肩。

觀竹

平安憑報可憐春，自有凌霜勁節真。不是柯亭名早著，那教作樂取遊人。

半夜鐘

頻敲百八響深宵，激動鄉懷萬里遙。釋子豪吟猶詠月，噌吰聲裡欲魂銷。

斗室

安閒環堵樂團圓，小住何妨歲月遷。陋習猶如劉禹錫，無愁鬼瞰擁書眠。

民國四十八年　西元一九五九

春　衫

一領蒙茸樂自娛，海棠微見褪羅襦。情牽慈母縫時意，遊子新衣著得無。

清明酒

魂斷行人感若何，時逢佳節又當歌。欲知紅杏村家釀，能得如泥醉幾多。

鷗　盟瀛社創立五十週年紀念會

相親鎮日駐鸞鑣，聚首天涯不自聊。塵海論交情更切，蘆洲待宿志猶超。劇憐泛泛閒身似，也解洋洋得態驕。避世焉能同此侶，隨波上下感逍遙。

聽　蟬

碧梧高坐為誰嘶，遺蛻空聞一殼迷。入耳韻清齊女調，聲聲又送夕陽西。

民國四十九年　西元一九六零

漁　村

江干蟹舍自成鄰，笑向斜陽結網頻。不愧煙波同泛宅，一方景占苧羅春。

山寺晚眺

煙凝蘭若近斜曦，無數歸鴉返影遲。觸我吟懷嗟暮景，一聲清磬破迷痴。

橫貫公路

奔塵車馬出層峰，鑿破危崖幾萬重。漫説崎嶇同蜀道，直通花市認歸蹤。

虎

一聲長嘯逐群羊，威猛堪稱百獸王。不去深山同豹隱，春風賣杏感無疆。

雁聲

衝寒嚦嚦不勝愁，塞外頻聞接素秋。記得瀟湘明月夜，觸人鄉緒起心頭。

祝李正明社友榮任詩文之友社副社長

瀟灑胸懷仰正明，騷壇恭祝賦金聲。才名長振詩文社，德教猶親翰墨情。虎口有方堪濟世，龍鱗妙訣可回生。從來藝苑耆英會，好共仁人借酒傾。

民國五十年　西元一九六一

迎歲梅臺北市各詩社聯合歡迎日本木下周南教授擊缽吟

應知明月是前身，玉骨冰肌別出神。破臘不忘林下客，含情欲寄隴頭人。幾枝庾嶺年華改，一片孤山物候新。雪裏吟香留瘦影，莫教攀折好迎春。

春聲

律回歲轉暖風吹，萬象更新景色宜。幾處催花憑羯鼓，一番傳信到書帷。凍雷驚笋抽芽早，破曉嬌鶯出谷時。深巷朝來聞賣杏，小樓消息喜揚眉。

探驪手淡北吟社祝李正明先生掄雙元擊鉢

龍珠檢點感迢迢，搜盡佳章豈自驕。記得騷壇爭霸日，一伸巨臂姓名標。

慈母心

身衣密密繫愁顏，昨夜慈幃涕淚潸。獨自閭門頻倚望，天涯遊子莫遲還。

金龍寺參禪

閒叩金龍且學禪，玄機靜處感無邊。聞鐘早已歸三界，面壁還思坐九年。悟到是非原似夢，本來色相幻如煙。靈臺肯許塵埃染，一點光明照大千。

白鷺歸巢

雪點青天認一行，無冬無夏水雲鄉。知還直向逍遙地，振羽高飛背夕陽。

詩　幟

半幅高懸界不分，雕龍繡虎各能文。螯弧一樣誇先奪，長掛騷壇署冠軍。

鷄絲麵淡北吟社祝名順食品廠鄭強社友創業六週年紀念

騷壇翰墨客新嘗，味雜雞絲巧樣裝。付與隨園編食譜，飽餐何必羨膏粱。

民國五十一年　西元一九六二

雙燕剪春

梅花裁出樂心同，叉尾翩翩入畫中。媲美趙家雙姊妹，應無相妒舞春風。

補　書

一卷縑緗破未全，殷勤不忍失真傳。書生技與媧皇異，修補偏從簡竹篇。

淡北題襟淡北吟社四十週年紀念

韻探淡北思悠哉，一樣蘭亭詠共陪。四十年中鷗鷺侶，吟詩猶可絢詩才。

菊　影

晚粧漠漠夜悠悠，艷跡東籬任印留。處士相逢明月下，一杯邀飲對清秋。

靈源寺雅集

遙看錫口景翻新，鷗鷺聯盟笑語親。蓮社敲詩三鼎足，騷壇鬥韻一吟身。場中結契攤箋急，寺裡逍遙作賦頻。最好今朝同聚首，更從翰墨證前因。

初　冬

起粟侵膚冷似刀，夜闌簾外透颼颼。乍驚霜氣行人苦，纔熨征衣戍婦勞。暖閣初排閩去雁，清樽欲醉可持螯。劇憐范叔艱難甚，一領憑誰更贈袍。

民國五十二年　西元一九六三

買　醉

杏花邨外酒旗風，引得騷人興不窮。莫怪典衣偏太急，免教羞對狀元紅。

春　菊

幾番風信到籬陬，逸士名高孰與儔。陶令愛花同一癖，不關時節異清秋。

寒江釣雪

簑笠孤舟冷，垂絲做隱綸。身閒拋勢利，世亂避風塵。樂思隨波靜，忘機養性真。升沉應不問，煙水一竿親。

觀紙鳶

飛鴻疑假又疑真，巧用新裁別出神。天際翱翔如有路，日邊縹緲若無垠。層霄惟恐乘風少，一線何妨奮翅頻。不負得時吹借力，悠悠望斷隔埃塵。

屐　痕

幾疑鴻爪印階前，踏遍青苔點點鮮。一片東山遺跡在，依稀足下篆心田。

十月菊

傲霜別有淡秋情，辭向重陽放晚晴。不改陶潛留氣節，小春猶對醉花觥。

冬至雨

聽罷瀟瀟感不休，陽生一夜鎖眉頭。何堪潤濕葭灰動，共許催詩作客留。

民國五十三年　西元一九六四

餞春

霸陵橋外感年華，送盡東風去路賒。從此園花誰作主，更張祖帳客停車。鵑啼永夜腸堪斷，驪唱一聲日易斜。折柳難留青帝駐，空教別意怨天涯。

桃花浪

紅霞紅雨是耶非，春水初迷沒釣磯。三月風迴光瀲灩，一溪膩漲襯芳菲。淚波無限香腮濕，人面難忘夕照微。吹縐武陵消息早，阮郎焉得不依依。

豔遇

相逢月下是仙姝，一朵娉婷似醉扶。交甫卻同今日見，親教玉珮繫輕襦。

諸羅話舊麗澤吟社歡迎臺北諸吟友蒞嘉擊缽

桃城城外駐吟驂，知己相逢盡美談。往事滄桑驚聚散，一朝翰墨契東南。班荊隔座情猶昨，風雨連床酒正酣。不減巴山當夕語，何妨剪燭到更三。

種　桃慶祝陳進東先生當選宜蘭縣長

如今德政又歌新，遍植河陽若比鄰。漫說無言難治邑，縱非和露亦宜民。栽花作縣追前輩，著手成蹊啓後人。他日來看賢令尹，莫教去路問迷津。

松江泛月

乘興蟾光載一舟，飄然楫似擊中流。風波已慣驚無險，煙水寧迷惑不休。照影玉盤歌蕩漾，放懷桂棹屬優遊。夜闌莫便吟歸去，隔岸停橈認鯉頭。

佛　燈

一盞如何懺悔尤，須知不滅破冥幽。莫嫌世道無光焰，認此長明福慧修。

吹　葭

天時容易感陽生，六管初搖歲月更。添線不勞相問訊，灰飛散漫動鄉情。

民國五十四年　西元一九六五

香爐煙

龕前一縷繞餘香，開我塵懷惠未忘。豈易吹消容世俗，最難斷送屬仙鄉。隨風裊裊青何似，拂袖飄飄淡可揚。麝火休教添寶鴨，禪門不鎖篆無疆。

纏頭錦 賴子清《中華詩典》

莫厭看花酒半醺，卻教舞罷賜縑纁。不知辛苦天孫織，只當千金贈翠群。

睡　貓 賴子清《中華詩典》

不減餘威鼠瞰愁，溪魚飽飯正垂頭。貍奴也解華胥夢，偶向花陰小閉眸。

黛納小姐過境

如入無人境，街衢屋半摧。狂風旋地起，暴雨破天來。玉趾行餘虐，芳蹤認慘災。瘡痍今滿目，不忍望東臺。

溪山煙雨

衣沾谷口悵行吟，未撥迷濛感慨深。流水一灣雲易濕，苔痕半徑屐難臨。歸樵有路思來路，出岫無心息去心。亂世幾同巢父隱，潺潺是處滌塵襟。

三修宮遠眺

三修宮外憩吟身，觸目遙峰別出神。風物豈殊隨變換，江山焉可判沉淪。隔溪水自潺湲急，蔽日雲猶感慨頻。半嶺宏開清淨地，回頭幾輩悟紅塵。

槐陰茗坐

夾道涼回翠影含，烹煎何處汲泉甘。鬢絲偶共茶煙裊，喉韻猶存笑語酣。萬樹難遮心地迥，一甌休對俗人談。三公遺蔭堂依舊，兩腋生風雋味探。

秋　情

心緒休隨萬木凋，西風宦海起思潮。何當歸去同陶老，醉向黃花一折腰。

民國五十五年　西元一九六六

古寺聞鐘

歲深蘭若幾滄桑，一樣聲敲異景陽。側耳無端思飯後，山僧心事太炎涼。

秋日垂釣

月白風清轉玉輪，輕絲香餌寄吟身。酒酣黃菊方思蟹，水染丹楓正躍鱗。絕世雄才徵渭岸，一竿壯志託湘濱。桂花樹下攀花客，底事臨淵作隱淪。

蘭東聽雨

梧桐疏滴夢初驚，憶昨重陽洒滿城。漠漠冬山雲又致，瀟瀟二結路難行。歸心蜀道悲為曲，入耳周郊話洗兵。聖母院邊秋霢霂，倚欄休觸小樓情。

民國五十六年　西元一九六七

野柳探勝

日光岩畔駐吟鞭，訪景人來感百千。仙女鞋尋留艷跡，王妃頭望憶華年。逍遙山水頻舒眼，領略風塵暫息肩。野店漁村何處好，潮音亭角夕陽天。

射虎

興逐元宵不禁城，風騷謎會寄猜情。胸中莫擬錢王弩，一字思潮未可平。

觀漁

浮家結網浪初平，隔岸江干入眼明。若道靜看能自得，臨淵奚必羨魚情。

秋夜聽雨

山色空濛外，江聲入耳多。歸秦聞作曲，釣渭坐披簑。葉落初敧枕，珠跳又滴荷。良宵詩客夢，淅瀝感如何。

對月

成三邀飲豁吟懷，團影宵深照玉階。莫動離情羈客思，舉頭一望感天涯。

梅花湖垂釣

月點波心翠接天，一竿生計樂忘年。奈他湖水梅花冷，熊夢何須羨渭川。

霜　鋒

玉樓肩聳凍難忘，似帶刀風刺骨鎚。老氣橫秋同雪白，傲枝搖影憶花黃。寒聲窗下侵膚鋭，行跡橋邊去路長。月落烏啼天又冷，敲砧誰耐水雲鄉。

計程車

聲訝雷霆響邇遐，奔騰莫認五雲車。指揮萬里常山路，折數應知總不差。

民國五十七年　西元一九六八

陳詞長進東蟬聯宜蘭縣長喜賦

酒沾慶讌句探驪，宰肉能均尚品題。花縣政非彰驥尾，琴堂印又認鴻泥。卅年扢雅為詩客，百里聞聲惠庶黎。令使賣刀韉遂擬，蘭陽重治望雲霓。

松　濤

參天翠幹曳龍姿，萬頃如聽撼海涯。怪底寒聲風浪急，大夫亦有不平時。

夏日謁彌陀寺

來參蘭若客停驄，寶殿巍峨壯大雄。禪諦蘇髯塵慮淨，醉吟陶令俗情同。泥沾屐齒梅催雨，浪起山腰麥捲風。向晚鐘飄屯嶺外，教人深省一聲中。

驅　蠹

貪蝕詩書感不窮，芸香驅滅費吟衷。腹中別有神仙字，未許蟫魚與蠹蟲。

瓶　菊

琉璃斜插水盈餘，未解蘦霜蕊自舒。莫厭案頭秋色減，賞同三徑月明初。

民國五十八年　西元一九六九

瀛東初夏

嘒嘒新蟬唱晚煙，落花流水最堪憐。海東暑氣人方覺，窗北涼陰榻未遷。扇用蒲葵纔出篋，樹頹楊柳已無棉。曉鐘斜月天祥路，一挹南薰作客先。

淡江疏雨《臺灣擊缽詩選》第二集

幾聲鳩喚過郊坰，極目空濛景渺溟。關渡帆飛侵水綠，大屯雲壓失山青。釣非姜尚孤舟濕，韵入張徽一曲聽。偶向中興橋上望，廉纖彷彿秣陵經。

敬和竹峰詞長七十書懷原玉

步履春風處處宜，桑榆好景晚來窺。文章擲地聲千里，蘭桂循階馥四時。北部雲山勞想望，東臺騷雅仗扶持。門前長者曾停轍，一片閒情寄海湄。

民國五十九年　西元一九七零

洋和尚

錫杖芒鞋道仰東，菩提無樹與身同。聖經不若金經好，一悟浮圖色相空。

溪　居

石上清風澗底濤，安瀾一賦息塵勞。浣花杜甫情偏逸，七里嚴光意自陶。水潔茶烹分小杓，月明菱採泛輕舠。武陵怕引漁郎至，屋畔牆邊不種桃。

秋　山

小徑雲迷去路賒，踏翻梧葉採樵家。眉痕青掃渾齊魯，零落西風感歲華。

華江橋遠眺

放眼華江興轉濃，風光無減豁心胸。倚窗難擬陶元亮，對酒渾如阮嗣宗。渡水遙明鏡夾，觀音目極白雲封。層樓未上看應倦，寺外龍山聽暮鐘。

探　菊

節過重陽訪艷姿，東籬霜傲一枝枝。名花不合西風老，寄語陶潛擷莫遲。

槐陰銷夏

嘒嘒新蟬向夕鳴，植三堂外影搖清。藕絲未雪心同淨，蒲扇停揮手亦輕。夾道涼回無暑氣，薰風慍解有歌聲。路傍多少趨炎客，倚樹沉吟不識情。

落帽風

打頭莫漫說紛紛，短髮冠吹感萬分。燹火龍山登不得，烏紗何地效參軍。

民國六十二年　西元一九七三

背面美人

春山未見畫眉濃，知是娉婷絕世容。避得桃花紅映面，怕他騷客為情鍾。

民國六十七年　西元一九七八

流　觴

佳辰美酒共鷗盟，漫說投鞭醉一觥。況是蘭亭同雅集，杯隨曲水盪詩情。

民國七十七年　西元一九八八

褒　姒《天籟詩集》

戲得諸侯各震驚，驪山往事最堪評。千金若買佳人意，烽火何勞換笑聲。

陽明山記遊《天籟詩集》

無限風光二月中，山涵翠色雨濛濛。鵑紅櫻老陽明道，一樣看花感不同。

靜　夜《天籟詩集》

蟾光桂影夜遲遲，獨倚欄干有所思。為奉高堂全子職，自嗟生不是男兒。

民國七十八年　西元一九八九

蓮社三十四週年社慶

吟聯三社氣沖霓，卅四情交似阮稽。慶祝東臺同聚首，詩成奪錦把糕題。

民國七十九年　西元一九九零

閏端陽

重拋角黍楚江濱，再詠蘭香憶美人。別有詩情難抑住，一年兩度弔孤臣。

民國八十年　西元一九九一

推廣米食臺灣省糧食局徵詩佳作

珍珠炊婦巧千般，推廣多方力不殫。荷葉香清堪裹食，竹筒味雅勸加餐。聞名濁水粳兼秫，飽飯蓬萊庶與官。寄語崇洋青少輩，莫饕漢堡卻飧盤。

民國八十一年　西元一九九二

訪詩友新居

爐香裊裊雜書香，墨客嘉賓聚一堂。羨煞穎川才氣溢，美臻輪奐合稱觴。

推廣米食臺灣省糧食局徵詩第三名

多勞主婦巧炊工，粳秫無分雅味同。舌底寧忘香粒粒，眉端尚見樂融融。加餐一語情偏重，飽飯終朝歲又豐。脱粟不遺身獨健，何須速食逐西風。

民國八十二年　西元一九九三

緬懷郭汾陽

亂平安史姓名揚，誓死精忠保大唐。尚父尊稱勳蓋世，阿翁癡作福盈堂。率兵威震追靈武，望雨情殷憶朔方。收復兩京天下定，中興功最數汾陽。

民國八十三年　西元一九九四

茗　談基隆聯吟

品味經文共溯源，烏龍凍頂最堪言。任他鐵鑰千重固，不鎖茶香滿海門。

古來聖賢皆寂寞

瑰意超然孰可量，含悲比比志難揚。離群羞與藩邊鷃，守節愁牽塞上羊。陋巷貧居形對影，名山業就史留香。肯隨草木消聲跡，八百乾坤一釣璜。

民國八十四年　西元一九九五

燈節話基津

雨都名著北台灣，促膝元宵一日閒。口沫橫飛談黨港，心花怒放說鰲山。藝文猜謎思潮湧，詩酒言歡淑氣還。不夜海門開鎖鑰，光輝照耀大刀環。

民國八十五年　西元一九九六

重九前登貂嶺

載筆重陽節未來，三貂嶺上志崔嵬。風無落帽萸奚插，捷足先躋不避災。

鑿　詩

島瘦郊寒且莫提，騷壇筆戰氣如霓。長城五字嘔心築，句鬥憑誰首肯低。

民國八十六年　西元一九九七

元宵吟詠賽雞籠

火樹銀花燦九閽，會開雨港勝雲門。悠揚頓挫施喉韻，嘹喨高低動耳根。歌調不如詩調好，人潮卻似海潮掀。憑誰局創雙贏面，唱作俱佳仔細論。

詩　僧

曾向騷壇百戰酣，如今托缽去嗔貪。菩提無樹心猶鏡，五字逢場脫口談。

艾　虎

肖如威勢添翼間，凜凜形成插髻鬟。莫笑負嵎空作態，端陽眈視百邪刪。

傳統與新潮

不同流派不同源，新舊騷壇各執言。筆化三千藏奧妙，文推五四動頻繁。漸於律細詩追杜，羨煞才高句壓元。澎湃任他標立異，體循擊缽古門垣。

民國八十七年　西元一九九八

蘭潭泛棹

九畹名同水泛銀，情深送友億汪倫。隨波上下爭迎合，愧煞中流擊楫人。

民國八十八年　西元一九九九

春秋筆

嚴於斧鉞管城揮，字字褒忠又貶非。正氣多存書一部，亂臣賊子懾魂飛。

清水寺重建卅五週年慶

菩提紫竹樹連林，救世持同法雨淋。卅五年華歌美奐，百千願望待追尋。詩無珠玉虧能手，寺仰巍峨淨俗心。清水巖邊秋月夜，頌聲騰沸作龍吟。

黌港秋吟

音諧砧杵詠吟中，動耳聲聲樂府同。一曲天從聞古調，千層浪挾振文風。海門響徹行雲遏，雨港涼飆鬥韻工。流水咸知詩律美，沖波激岸引來鴻。

民國九十年　西元二零零一

湯圓味

一團雙手力搓揉，冬至家家俗例留。甜蜜情兼調節巧，酸鹹不用易牙儔。

民國九十一年　西元二零零二

敬和陳輝玉詞長八八自壽元玉

欣登米壽健吟軀，骨傲梅花影照臞。偶聚敲詩揚雅韻，未曾伏櫪展雄圖。芳盈蘭桂門前盛，步引風騷日後需。樂得悠悠閒歲月，利名到此念全無。

書香薪傳

未亡秦火賴儒生，字字芬芳一炬明。啓後承先原有種，燃燒不斷在詩城。

民國九十二年　西元二零零三

秋暮指南宮雅集

指南宮聳捲吟風，墨客騷人氣吐虹。十日黃花遲感外，三秋白髮續增中。落峽景憶齊飛鶩，印爪痕留未去鴻。不遜登高重九會，詩題句琢鬥精工。

民國九十三年　西元二零零四

臺北關渡宮題壁

鍾靈聖地景長春，畫壁龍飛雨露均。咫尺香騰天若近，千秋航引德無垠。波平淡水蒙恩澤，踵接湄州省俗人。宮聳巍巍威赫赫，后儀仰望指迷津。

燕子口尋詩

盪胸峭壁景雄殊，燕子名聞墨客趨。覓句諸多鷗鷺侶，問誰信手得驪珠。

新　秋

火雲乍斂雁橫空，涼意初添落葉中。團扇不須期再熱，艷姿正揭菊花叢。

藝苑清流

聖潔無污雅譽揚，儒林清韻本洋洋。騷風遏阻通關節，夢筆期開播墨香。好似在山泉不黑，何須逐浪色添黃。淨留一片斯文地，混濁時潮待改良。

民國九十四年　西元二零零五

歲暮感懷

一年終盡思重重，難遣銷金酒意濃。別有寒心凋未得，同他不老大夫松。

春　雨

小樓永夜聽淋淋，滴碎誰堪客子心。萬物既沾當既足，連綿猶恐久成霪。

靈山秀水會雙溪

臥虎藏龍匯潺潺，才溢雙溪二水間。桃李不言開爛漫，茶薑添色導悠閒。文風鼎盛推全力，人氣流回破大關。吸引觀光東北角，詩吟絕頂讓貂山。

民國九十五年　西元二零零六

春晴吟興

郊原不雨且攜筇，詠蝶題花意味濃。對酒一杯情未了，剪裁數句記遊蹤。

臺灣瀛社詩學會成立大會

瀛海珠羅盡，崢嶸孰與倫。全臺名更噪，歷居史添新。立案宏前景，傳詩不後人。期頤三載俟，再祝醉花辰。

民國九十六年　西元二零零七

明窗

寄傲何當了俗心，珠簾半捲月方侵。倘教大地無昏暗，不借螢光照夜深。

催詩

吟鬚撚斷黑雲增，雨意騷情促轉承。不是燃萁煎太急，句難立就見才能。

詩夢

筆花爛熳句新奇，寫盡風流午夜時。不似黃粱驚一醒，才華枕上展無遺。

民國九十七年　西元二零零八

敬賀張國裕社長八一華誕

相識於今五十年，才華洋溢快如仙。歲逾耄耋詩心健，身歷農商世態遷。杯酒拒沾欽意志，風騷且領屬時賢。生辰恭祝吟儔聚，松柏長青不老天。

春遲

了無芳訊鎖眉端，人面桃紅一瞥難。莫怪催花頻擊鼓，司權東帝步跚跚。

流觴

韻事蘭亭樂最真，幾彎清澈水如銀。群賢畢至情無異，盪漾杯浮醉脫塵。

榴風

五月明當照眼時，飄飄豈在展紅姿。花名有石心應定，底事輕搖向晚吹。

即席賦賀風雲詞長求婚成功 網路古典詩詞雅集

兩心相悅入情場，挹注花飄九九香。不羨神仙成眷屬，教人欣羨是鴛鴦。

臺北孔廟重修竣工

經歷春秋久，重修美奐然。尼山崇聖哲，泗水育才賢。廟貌今非昔，宮牆聳更堅。龍峒文化地，鐸韻震雲天。

敬賀蘇子建先生八十大壽

鄉詩俚諺瑾瑜珍，價重風城第一人。鐸韻悠揚天賜命，星光閃爍火傳薪。年華不計隨心欲，書卷無疲入眼頻。八秩稱觴桃李盛，鶴亭吟詠慶長春。

民國九十八年　西元二零零九

熊　貓

不因思蜀鎖眉梢，寄望團圓敵意拋。食竹更添君子氣，兩無猜忌洽如膠。

春　筍

正是春回欲出頭，幾番風雨嫩方抽。林中那管賢人七，破地光如劍氣留。

外雙溪紀勝瀛社一百週年慶首唱自選題

若道名人住，大千孰與齊。溪稱分內外，物博覽中西。精舍封池硯，梵音繞石梯。園迎遊客盛，至善美如圭。

尊重女權

鬚眉不讓女英雄，贏得男兒敬折衷。兩性平權天地義，司晨防堵牝雞同。

扇

招風祛暑引涼生，不獨蒲葵製作精。一羽常持無釋手，伴隨諸葛定軍情。

酒

試同千日醉何如，北海豪情飲不虛。盡說客來茶可當，拳催風月孰能除。

民國九十九年　西元二零一零

訪春

一識東風面，奚辭跋涉忙。聲喧聞燕語，路狹入羊腸。淑氣儂無恙，癡情客欲狂。桃花何處是，數問立溪旁。

春耕

西疇冬陌綠相侵，雨足郊原貴似金。不事拖犁秧插遍，農心未解筆耕心。

夏夜喜雨

挾雷宵正短，愜意枕邊生。荷葉珠難住，蕉心水又盈。淋鈴銷兔影，淅瀝壓蛙聲。歡顏燈下見，解旱似盆傾。

風勵儒林天籟吟社九十週年聯吟大會

期頤須待十年春，勁草堅貞似托身。鐸振徒千培後秀，竹居賢七望前塵。扶搖席捲吟聲壯，倜儻才推創局新。寄語翩翩名學士，應添外史誌騷人。

道院鐘聲

教人深省俗情空，不似聲聞飯已終。百八晨昏能作伴，心趨明鏡謁天宮。

民國一百年　西元二零一一

梅香

撲鼻芬芳玉質誇，孤山蕊共雪飛華。騎驢不待衝寒覓，一縷隨風馥邇遐。

春容

影留月下疊重重，不見朱顏蜜意濃。人面桃花懷去歲，詩吟崔護覓芳蹤。

核災

人心惶恐與天齊，輻射漫延禍不低。建核如何能廢核，全球聲浪起重稽。

民國一零一年　西元二零一二

選戰

一決雌雄見，應無賄賂嫌。運籌零缺失，為政立清廉。寸舌言爭巧，雙肩任重添。短兵相接處，勝負票源瞻。

生花筆

學海文瀾落紙間，芝蘭芳韻絢光環。何須藉得遊仙枕，才可蟾宮把桂攀。

雲雨

暮暮朝朝佈邇遐，擾人心思亂如麻。楚王一夢情長繫，不是巫山愛有加。

黃花瘦

曾受陶潛愛，西風盡展容。幾杯人醉菊，三徑影隨松。羸骨凌霜貫，疏枝挹露濃。捲簾誰與比，十日感重重。

新竹車站百年慶

風華再現慶期頤，建築猶殊古蹟遺。貓道暗存鐘塔老，繁榮不減任星移。

卷四　黃鶯生詩選

卷四　黃篤生詩選

七言絕句

待　月一九五五年

飛觴對影畫樓東，皎潔銀河夜氣沖。欲識嫦娥真面目，頻將雙眼望蟾宮。

待　月一九五五年

虹橋憑檻老詩翁，目極銀蟾掛碧空。欲結素娥緣翰墨，沁涼亭畔望蒼穹。

瘦　菊一九五五年

晚節凌霜力不支，可憐三徑影離離。淵明憔悴黃花瘠，更有餘香放幾枝。

笑　神一九五五年

包公一笑比河清，曼倩哄堂有盛名。美艷佳人難再得，可憐傾國又傾城。

釣　竿一九五五年

一鈎香餌一篙長，聊把絲綸擲水鄉。回憶富春風月好，枝斜瘦影映嚴光。

打稻聲一九五五年

豐收時節更勞神，刈稔敲來聽最真。絕好西疇揚雅韻，為農盡日響頻頻。

琴一九五五年

指下宮商絕妙詞，求凰曲奏繫情絲。悠揚雅韻相如撫，一點靈心卓女知。

秧　針一九五六年

鋒芒掩映色鮮妍，含露穿珠滿陌阡。疑是筆尖波底出，可憐一捻播青田。

苦　吟一九五六年

刻劃尋思太不堪，推敲撚斷數髭甘。枯腸搜盡無佳句，白戰騷壇覺自慚。

瓶　花一九五七年

精良翡翠巧工彫，艷冶繁華色自嬌。玉膽紅梅高士伴，暗香疏影可憐宵。

鹿港觀潮一九五七年

驚濤拍岸似雷霆，鹿耳門看浪未停。應是伍胥今又怒，難教錢弩射滄溟。

聞　簫一九五七年

引鳳秦臺賦好逑，淒涼玉管使人愁。英雄自昔吹吳市，我亦知音為雪仇。

朝　曦一九五七年

纔升暘谷耀天維，快映光華亦展眉。一例同仁能普照，曉風習習送威儀。

岫　雲一九五八年

凝聚峰巒撥不開，無心點綴遍崔嵬。朝飛巫峽懷當日，腸斷襄王入夢來。

賞　竹一九五八年

瀟灑千竿壓露新，粉嬌陰翠眼前春。虛心貞節賢人友，青目頻看思出塵。

留　侯

博浪神椎四海驚，英雄終滅虎狼嬴。當時不訪赤松去，幾與淮陰同犬烹。

樹下觀棋

樹下旁觀黑白投，交攻鬥智可忘憂。欲知一局誰爭勝，那管腰柯已爛不。

書　城一九六〇年

金湯豈可用兵攻，鄴架琳瑯竹簡豐。寄予書生嘗膽讀，好收萬卷蓄胸中。

漁　村一九六〇年

竹扉茅屋傍江濱，風雨飄零不染塵。古岸小舟千萬葉，打魚正好趁清晨。

白鷺歸巢一九六一年

縞袂霜衣認夕陽，鷗盟雁友戲寒塘。一行歸自青天外，卻戀名山是故鄉。

白鷺歸巢一九六一年

忘機群聚水雲鄉，雪翅高翔列一行。戲浴橫塘鷗雁侶，歸來棲處已斜陽。

鵝

臥水眠沙戲淺汀，可憐丹掌白霜翎。右軍真解當時趣，妙跡黃庭遺一經。

諸葛丞相

羽翎揮動出奇兵，未得吞吳恨不平。一片丹心扶漢室，胸藏妙策鬼神驚。

卓文君

美人清夜怨孤衾，一曲初傳適我心。司馬何因挑綠綺，平生只此是知音。

畫　松

毫端寫出大夫容，勁節疏枝潑黛濃。不怕夜來風雨急，空山偃蹇作蟠龍。

待　菊

頻瞻老圃慰無聊，含蕊堪憐興倍饒。累得淵明情更切，黃花未放暗魂銷。

畫　眉

描將天上初三月，一角春山八字妍。卻羨風流京兆筆，蛾彎淡掃最堪憐。

殘　菊

籬下經霜不染埃，殘香彫翠暮相催。奈何三徑荒涼未，泥卻淵明歸去來。

漁燈

獨釣沙頭夜未央，熒煌寸影任飄颺。頻羅絲網三更月，明滅寒江一點光。

葬花

風雨摧殘落夕曛，多情誰弔一香墳。空山淚洒埋芳骨，萬古惟留黛玉魂。

賀彥助學兄師生展

薪火相傳自澹廬，揮毫染翰有誰如。從今藝苑添佳話，爭載茂齋兩代書。

賀適廬學長書法展

卅載同門研墨池，一枝健筆任驅馳。興來把酒毫端吐，鳳舞龍飛遙秀姿。

丁丑之冬拙作換物多種不負先師起名之託感而賦之一九九七年

羲之絕藝已千年，今日尚無雅事延。我欲慕賢添韻史，換鵝不讓古人先。

和東臨學兄六十感懷詩一九九七年

六十年來感佛恩，桑田蒼海欲何云。菩提路上參禪理，早把吾心付白雲。

贈宏量賢伉儷

紙上飛毫自縱橫，翠華壁上筆堪驚。煙嵐池上神仙侶，蓬島逍遙樂管城。

贈何國華先生

創時館似山陰道，更喜山人識換鵝。筆寫黃庭經雅事，墨池從此起揚波。

敬贈懷瑾吾師

春風吹及我妻兒，私淑龍門已久時。但願升堂兼入室，得蒙喝棒啓愚癡。

教師研習會揮毫

陽明會館結鷗盟，節近中秋氣爽清。欲訪蘭亭無捷徑，揮毫樂趣學長生。

七言律詩

雨中賞菊一九五八年

浮金一片短籬前，秀濯何堪朵朵妍。惹得淵明情繾綣，也教子美意流連。寒枝不覺秋容寂，潤色猶存晚節堅。縱目行吟三徑路，淋漓聲裏亦陶然。

閏中秋

霓裳又聽豈無因，風景依然倍爽神。不是靈槎尋舊約，那教玉兔望重親。桂飄仙樹光仍滿，露冷秋池氣益新。且喜佳辰逢二度，團圓更照太平民。

編注：此詩刊於《書法藝術》第二期，原題作〈展中秋〉，然究其詩意，當以題作〈閏中秋〉為宜，原題恐係手民誤植。

五言絕句

換鵝會書法展一九九九年

換鵝廿五年，八法共爭妍。若遇山陰客，黃庭雅事延。

贈月娥學姊

欣喜故人來，芸窗幾度陪。詩聲蓬島遍，共識女英才。

五言律詩

成吉思汗一九五五年

雄氣沖牛斗，西征廣版圖。大軍平北狄，猛將擊東胡。每以奇兵勝，勢如破竹趨。英名傳萬古，部族共尊呼。。

孤　雁一九五五年

誰憐湘浦外，隻影曉風寒。煙雨三秋苦，霜星萬里單。自違鄉國遠，獨訴客程難。蕭瑟蘆花澤，聲聲入耳酸。

話　舊一九五八年

故人雞黍約，促膝意歡欣。下榻情千種，開樽酒半醺。西窗同剪燭，北閣共瞻雲。待到端陽日，重來細論文。

題鴛鴦圖 一九五五年淡北吟社祝華堤先生六十雙壽

紋羽看奇色，和鳴蓼浦西。柳塘常托宿，花塢共依棲。交頸眠沙穩，同心浴浪低。相隨偕配偶，把筆醉中題。

五弦琴

指下宮商出，於齊感五絃。清聲如唳鶴，細調比鳴蟬。解慍虞君聖，知音鍾子賢。還憐廣陵散，古意久無傳。

卷末

卷末

附錄一　黃笑園先生事蹟初探

楊維仁

黃笑園先生生於明治卅八年（一九零五），卒於民國四十七年（一九五八）。本名文生，字笑園，又號少頑，早年別署文星。師事「礪心齋」林述三夫子，為天籟吟社健將，與「笑岩」林錦堂、「笑雲」曾朝枝並稱「天籟三笑」，亦曾參加淡北吟社、瀛社、鷺洲吟社、捲籟軒吟社、庸社。先生創立捲籟軒書齋，出其門下者不計其數，陳雪峰、黃雪岩、唐羽、莫月娥、黃篤生尤稱俊秀。

出生年代

關於笑園先生的生年，潘玉蘭《天籟吟社研究》記為一九零五年，林正三、許惠玟《臺灣瀛社詩學會會志》記為一九零六年，二書均未註明出生之資料來源。又據陳鐓厚編《天籟吟社集》記「笑園黃文生，光緒丙午年生」，丙午年為光緒卅二年，即日本明治卅九年，亦即西元一九零六年。

然而根據笑園先生就讀大稻程公學校之「修業證書」（大正三年三月發，媳婦楊素雲提供），登錄先生之出生年月日為明治卅八年八月廿日，此一正式文件足以證明笑園先生出生於一九零五年八月二十日，而《天籟吟社集》、《臺灣瀛社詩學會會志》二書所記先生之出生年代有誤。

去世年代

《中華詩苑》第九卷第一期（一九五九年一月）刊載〈黃笑園先生輓詞〉，其中陳友梅所作輓詩有「騎鯨人去小陽天」之句，洪玉明所作輓詩有「大限愁聞到小陽」之句，由此推知黃笑園先生應於一九五八年農曆十月去世。又據《詩文之友》第十一卷第一期（一九五九年五月）刊載黃文虎〈為宗親會哀輓捲籟軒笑園文〉，前言有云：「君諱文生，字笑園，號少頑，為臺北有數之詩人，不幸於戊戌十月六日病逝！」，戊戌即民國四十七年（一九五八）。又據筆者訪問笑園先生之媳婦楊素雲，亦表示先生之忌日為農曆十月六日。綜合以上文獻與訪談，可以論定笑園先生逝世於民國四十七年（一九五八）年農曆十月六日。

別署「文星」

關於文生先生的字號，《瀛海詩集》（一九四零年出版）謂「黃氏字笑園，號少頑，又號捲籟軒主人」；《天籟吟社集》（一九五一年出版）謂「黃笑園，號捲籟軒」；《庸社風義錄》（一九五八年出版）謂「黃文生，字笑園，號少頑」；《天籟吟社研究》謂「黃文生號少頑、笑園、捲籟軒」；《臺灣瀛社詩學會會志》謂「黃文生，字笑園，號少頑、捲籟軒主人」：以上文獻或研究所載之姓名、字號均未包括「文星」。

但是依據笑園先生所藏《淡北吟社課題擊缽擊其他詩集》（一九二四年印行），此書中作者署名「文星」之詩作〈詩債〉、〈釣魚〉、〈歸雁〉、〈山居〉、〈賣花聲〉、〈畫蝶〉、〈傳書鳩〉、〈送曉初社兄之板橋依留別原韻〉、〈春酒〉，均收錄於先生手抄本《捲籟軒吟草》之中，足證「文星」亦為先生別署。

又據《台南新報》大正十三年（一九二四）九月廿九日刊出作者「文星」參加「北聯吟會」之詩作〈松風〉，《台南新報》大正十四年（一九二五）三月六日刊出作者「文星」參加「淡北吟社」之詩作〈待月〉二首，以上詩作也收錄在先生手抄本《捲籟軒吟草》之中，又據《南瀛佛教會報》第五卷第六期（昭和二年十一月出刊）刊載笑園先生五言古體詩〈中秋夜泛舟淡江〉，作者署名「笑園黃文星」，以上足以佐證「文星」亦為先生別號之一。

惟自昭和三年（一九二八年）起，「文星」不復出現在相關文獻中，因此筆者推論先生早年別署「文星」，後以「笑園」、「少頑」二者取而代之。

捲籟軒創設之年代與設帳授徒之年代

關於捲籟軒創設年代，據《庸社風義錄》（一九五八年出版）記載：「創立捲籟軒書齋至今卌二載，桃李盈門」，由此推論捲籟軒可能在一九二六年創設。又《臺灣日日新報》昭和二年一月十日「翰墨因緣」專欄記錄：「又同吟社員黃笑園氏，去元旦日招待市內各吟社友於捲籟軒開擊缽吟會。出席者六十餘人。」昭和二年即一九二七年，足證一九二七年元旦已有「捲籟軒」之書齋名稱，亦可推論一九二六年應已創設捲籟軒，先生時年二十二歲。

但是陳鐓厚編《天籟吟社集》（一九五一年出版）則記載「民國十八年設

教授徒至今」，則捲簾軒可能在一九二九年才開始設帳授徒，先生時年二十五歲。又據《詩文之友》第十一卷第一期（一九五九年五月）黃文虎〈為宗親會哀輓捲簾軒笑園文〉：「早傳神秀耀吾宗，卅載舌耕殊老農。」略可旁證一九二九年開始設帳授徒之說。

先生去世後，捲簾軒書齋由哲嗣少園黃鏡宏繼續執教。

捲簾軒門人

捲簾軒門下桃李無數，其中陳雪峰、黃雪岩、唐羽、莫月娥、黃篤生尤為知名。唐羽、莫月娥、黃篤生同時為本書共同作者，茲不贅述。

陳雪峰、黃雪岩為笑園先生早期弟子，《詩報》昭和十一年（一九三六）五月一日刊載的天籟吟社詩作〈評花〉，其中已有黃雪岩詩作；《詩報》昭和十一年（一九三六）五月十五日刊載的天籟吟社詩作〈琴心〉，其中已有陳雪峰詩作。昭和十一年起，陳雪峰、黃雪岩詩作常見於《詩報》等刊物中，已為騷壇知名詩人。光復後二人俱為詩壇健將，頻繁參與各詩社活動，詩作每見於《中華詩苑》、《詩文之友》等詩刊。又據潘玉蘭《天籟吟社研究》，天籟吟社成員師事於陳雪峰者有黃天賜、陳結煌等。

曾赴廈門

《臺灣日日新報》昭和二年八月二十五日：「天籟吟社黃笑園由廈歸北，諸社友於八月二十日夜假湮陶齋開洗塵擊鉢吟會。」又據笑園先生手稿《捲籟軒吟草》有七言律詩〈鷺江客寓雨夜有感作〉，「鷺江」是廈門的別稱，此詩當是先生客寓廈門之作，詩中有「追懷五月離鯤島」之句，據此推測先生可能於昭和二年（一九二七）五月啓程前往廈門，而於八月返台。至於先生前往廈門係因旅遊、求學、謀職或其他因素，則尚無線索可資判斷。

《南瀛佛教會報》第六卷第二期（昭和三年四月）刊登先生之古體詩〈登白鹿洞漫與〉，《臺灣日日新報》昭和三年七月二日刊登先生七言絕句〈曉步鷺江港口〉、〈遊南普陀〉、〈過虎谿岩〉，以上詩作亦可做為笑園先生曾經遠渡廈門的佐證。

任職昭和新報

《臺灣日日新報》昭和八年六月十三日新聞〈昭和報臺北支局〉：「昭和新報社。者番為業務擴張起見。設置臺北支局於大橋町二丁目百六十九番地。電話三二五五番。延陳清波。黃笑園。陳伯華。張阿漢。陳毓痴。張泉源諸氏。鞅掌厥職云」。

《昭和新報》，「昭和詩壇」欄，昭和八年五月二十日刊載林述三先生詩〈少頑君入昭和新報以賀〉。可見黃笑園先生曾於昭和八年（一九三三）開始任職昭和新報，惟尚無資料顯示任職之起訖時間。

任職東陽護謨會社

據黃洪炎編《瀛海詩集》（一九四零年出版）刊載「黃氏字笑園……現奉職于東陽護謨會社工務課」，可見先生於昭和十五年（一九四零）曾任職於「東陽護謨會社」，惟無資料顯示任職起訖時間。

擔任保正與里長，並兼營雜貨店、賣魚

根據笑園先生媳婦楊素雲與弟子唐羽、莫月娥回憶，先生曾在日治時期擔

任保正一職，光復後則擔任里長。據台北市文獻會所藏《里長名冊》，先生於民國卅五年起擔任台北市大同區星耀里里長。惟星耀里後因區里行政區域重新調整，已自民國七十一年三月起併入國順里，如今已無「星耀里」。

又據笑園先生之媳婦與弟子所述，先生於日治後期擔任保正，光復初期擔任里長之同時，家中並兼營雜貨店。媳婦楊素雲自嫁入黃家之後，即協助雜貨店相關業務。

據笑園先生之弟子所述，先生曾以賣魚為業。筆者訪問先生之媳婦楊素雲，則謂笑園先生之尊翁在市場賣魚，先生則代父運送魚貨至相關店家。

兼擅謎學

黃笑園先生之業師林述三夫子兼擅謎學，日治時期多次在大稻埕、松山等地主稿燈謎大會，是以天籟吟社社員中多有兼長謎學者。黃文虎〈臺北謎學史〉一文刊於《臺北文物》第四卷第四期（民國四十五年二月），文中記載「日據時期，臺北設帳教育國學者甚多，如以詩謎陶鑄人才，祇有林述三先生。得其衣鉢，除兩哲嗣林錫麟（爾祥）林錫牙（爾崇）外，如黃文生（笑園）、陳榮枝（伯華）、陳篆爐（永香）、李天鷺、賴癡虎、賴獻瑞（青雲）、林安邦、陳炳添等。」

莊幼岳等編《庸社風義錄》（一九五八年出版）之作者黃文生簡介：「少好詩、文、燈謎、武術」。

《臺灣日日新報》昭和五年（一九三零）九月廿三日刊「永樂町市場內懸設燈謎」之新聞，內文有「主稿林述三氏外，更託曾笑雲、陳伯華、黃笑園諸氏」。

《詩文之友》自第六卷第四期（民國四十五年十二月）至第十卷第二期（民國四十七年十一月），陸續刊載黃笑園先生所撰〈捲籟軒燈謎稿〉總計九次，亦可證明先生以謎學享譽詩壇。

兼長武術與醫術

根據《庸社風義錄》之作者黃文生簡介：「少好詩、文、燈謎、武術」。筆者亦曾親聞天籟吟社張國裕、葉世榮、莫月娥諸位老師提及：笑園先生早年頗擅拳術，其後因病不良於行，不復從事武術。又據《詩文之友》第十一卷第一期黃文虎〈為宗親會哀輓捲籟軒笑園文〉：「稻艋宗親一向推，誰如文武譽全才。」天籟社友林錫牙在一九三三年作〈癸酉初夏戲贈笑園世兄〉一詩，頷聯「久仰文壇真健將，更兼武館老先生。」雖然是戲謔之詞，也可以旁證笑園先生兼擅武術。《詩文之友》第十卷第二期（一九五八年十一月出刊）刊載黃文虎〈笑園愈我腹疾詩以謝之〉，極表感謝醫治腹疾之意。又，《詩文之友》第十一卷第一期黃文虎〈為宗親會哀輓捲籟軒笑園文〉：「懸壺更莫施仁術，執紼猶多戴德來。」可知笑園先生亦長於醫術。

參加淡北吟社

目前所能考證創作年代的笑園先生作品，最早為大正十三年到十四年（西元一九二四至一九二五）之間，署名「文星」的詩作，此一時期詩作多屬於淡北吟社擊缽或酬和的作品，尚無發現其他詩社相關作品，因此推論笑園先生可能在大正十三年（一九二四）二十歲之齡，首先參加淡北吟社。

參加天籟吟社

笑園先生詩作〈范蠡載西施遊五湖〉為天籟吟社大正十五年（一九二六）八月公開徵詩的題目，目前僅能推知先生在大正十五年的詩作只有此首與天籟吟社相關，無法證明此時是否參加天籟吟社。直到昭和二年（一九二七），先生詩作才開始頻繁出現在天籟吟社相關文獻中，而且開始用「笑園」的字號，所以推論先生可能從昭和二年（一九二七）開始參與天籟吟社，但是不排除笑園先生也有可能在大正十五年（一九二六）即已加盟。

參加瀛社

查考《臺灣日日新報》與《詩報》等文獻，笑園先生的詩作或名號從昭和八年（一九三三）起才開始出現在瀛社相關訊息中，所以推論先生應該是在昭和八年（一九三三）參與瀛社。林正三許惠玟《臺灣瀛社詩學會會志》亦謂「曾笑雲、黃文生、陳伯華、倪登玉、賴獻瑞等，乃於昭和八年加入。」

鷺洲吟社

鷺洲吟社成立於昭和十年（一九三五），成員多與天籟吟社重疊。據林時英〈鷺洲吟社創立經過及其首、次唱與佳作選〉一文（《臺北文獻》十、十一及十二合期），成立之初社員有卅九人，筆者比對名單，其中有十六人為天籟吟社社員，足見鷺洲天籟二社關係之密切。鷺洲吟社創社社員名單並無笑園先生，而此後亦無任何文獻提及鷺洲吟社後續成員名單。然而筆者查考《詩報》、《風月》、《南方》等文獻，笑園先生之詩作於昭和十年（一九三五）起即已頻繁出現在鷺洲吟社擊缽詩作中，因此推測先生可能在昭和十年（一九三五）起參加鷺洲吟社。

捲籟軒吟社創社時間與活動

目前尚無資料可以佐證捲籟軒吟社的創社年代，據《臺灣省通志稿學藝志文學篇》刊載一九三六年所統計的〈全島詩社表〉中列有捲籟軒吟社，可以推論捲籟軒吟社在昭和十一年（一九三六）前創立。但是查考日治時期《詩報》、《風月》等期刊均未刊登捲籟軒吟社課題或擊缽之詩作。所以筆者對於昭和十一年（一九三六）創社之説法尚存疑問。

《中華詩苑》中刊載頗多捲籟軒吟社擊缽詩作，例如《中華詩苑》第一卷第一期（民國四十四年二月）刊載「捲籟軒」擊缽詩作〈香魂〉，左右詞宗分別是劉萬傳、陳雪峰，入選作者有陳雪峰、黃笑園、林笑岩、黃一鵬、黃雪岩……，足以證明捲籟軒吟社活動情形。

再者，《中華詩苑》第三卷第一、二期合刊（民國四十五年二月）刊登〈北市冬季五社聯吟大會〉擊缽詩作〈曉霜〉，所載的五社為淡北吟社、北臺吟社、天籟吟社、松鶴吟社、捲籟吟社。《中華詩苑》第三卷第五期（民國四十五年五月）刊登〈北市秋季四社聯吟大會〉擊缽詩鐘〈飛機．菊　分詠格〉，所載的四社為淡北、天籟吟社、松鶴、捲籟，並加註黃笑園主辦。以上可見光復初期，捲籟軒吟社當為台北市頗為活躍的詩社之一。

加盟庸社

庸社成立於民國四十五年（一九五六）春季，創社社員莊幼岳張作梅黃湘屏等九人，作品常發表於《中華詩苑》。

根據《庸社風義錄》記載，民國四十五年秋季，林子惠黃笑園等五人也加盟庸社。《庸社風義錄》出版於民國四十七年七月，作者包括李嘯庵、倪登玉、李世昌、陳友梅、張晴川、張作梅、黃湘屏、林錫牙、莊幼岳、高雪芬、林子惠、林杏蓀、周維明、黃笑園、林光炯、葉子宜、鄭雲從、張碧峰、施學樵、黃文虎、高惠然、許陶庵、周植夫、陳一寰，俱為一時之選。

笑園先生自一九五六年至一九五八年參與庸社，此後未再加盟其他詩社。

附錄二　本書作者相關資料

黃笑園夫子相關資料

黃笑園：《捲籟軒吟草》，手抄本，年代不詳。（黃笑園手抄，唐羽、莫月娥、李齊益保存）
陳鐓厚編：《天籟吟社集》，台北：芸香齋，一九五一年。
莊幼岳編校：《庸社風義錄》，台北：庸社，一九五八年七月。
潘玉蘭：《天籟吟社研究》，台北：萬卷樓，二零一零年六月。

唐羽相關資料

唐羽纂修：《蘭陽福成楊氏族譜》臺北：信大水泥股份有限公司，一九八三年。
唐羽著：《臺灣採金七百年》，臺北：臺北市錦綿助學基金會，一九八五年。
唐羽纂修：《蓮谿葉氏家譜》臺北：葉金全監修，一九八五年。
唐羽編著：《臺灣鑛業會志》，臺北：中華民國鑛業協進會，一九九一年。

唐羽總纂：《彭格陳氏大湖支譜》，臺北縣：陳明良發行，一九九四年。
唐羽撰著：《魯國基隆顏氏家乘》，臺北：基隆顏氏家乘纂脩小組，一九九七年。
唐羽纂修：《潯江吳氏淡北支譜》三重市：葉金全，一九九八年。
唐羽撰著：《臺陽公司八十年志》，臺北市：臺陽公司，一九九九年。
唐羽撰著：《雙溪鄉志》，臺北縣：臺北縣雙溪鄉公所，二零零一年。
唐羽撰著：《基隆顏家發展史》，南投：臺灣文獻館，二零零三年。
唐羽撰著：《貢寮鄉志》，臺北縣：臺北縣貢寮鄉公所，二零零四年。

莫月娥相關資料

莫月娥吟唱、楊維仁製作：《大雅天籟：莫月娥古典詩吟唱專輯》，台北：萬卷樓，二零零三年一月。
高嘉穗：《臺灣傳統吟詩音樂研究》，國立台灣師範大學音樂研究所碩士論文，一九九六年一月。
楊湘玲：〈淺探臺灣傳統吟詩調的音樂結構：以「天籟吟社」莫月娥所吟七言

絕句為例〉，《臺灣音樂研究》第四期，頁八三—一零三，二零零七年四月。
鄭垣玲、顧敏耀：〈作詩、吟詩與教唱的人生：專訪莫月娥老師〉，《文訊》第一八七期，頁五八—六零，二零零一年五月。

黃篤生相關資料

黃篤生：《黃篤生書法小品集》，臺北市：黃篤生，一九八三年。
黃篤生：《黃篤生行書春江花月夜》，臺北市：蕙風堂，一九九五年一月。
黃篤生：《黃篤生書唐人詩》，臺北市：蕙風堂，一九九五年一月。
黃篤生：《禪書慧語》，臺北市：秋雨印刷，一九九一年。
〈五十童子書法家黃篤生〉，《書法藝術》第二期，頁三四—五六，一九八五年五月。
〈黃篤生書法創作展〉，《中國美術》六七期，頁一一七，一九九八年九月。
適評：〈閒、雅、逸、趣：黃篤生書法創作展〉，《藝術家》二七八期，頁四六三，一九九八年一月。

編輯跋後

楊維仁

維仁從民國八十四年拜識張國裕老師、莫月娥老師之後，就常聽聞兩位老師談到天籟吟社先輩的行跡和逸事，每每為之悠然神往。天籟群賢中的笑園黃文生先生，是詩壇鼎鼎有名的「天籟三笑」之一，又是莫月娥老師的業師，所以笑園先生經常是張、莫兩師所津津樂道的天籟先賢，而我在張、莫兩師身邊濡染漸久，因而對於這位「捲籟軒書齋」黃笑園先生，一直抱著肅然崇敬的心情。

黃笑園先生是昔年的詩壇健將，一生作詩無數，然而除了先生手抄的《捲籟軒吟草》之外，作品大多散見於日治時期與民國四十年代的期刊中，而民國四十七年出版之《庸社風義錄》，所載先生詩作也只不過二十六首。莫月娥老師憶及恩師笑園先生未有詩集行世，為之遺憾不已，因而與捲籟軒同門唐羽、黃篤生兩位先生商議出版《捲籟軒師友集》，選錄黃笑園先生詩作，並且副以弟子唐羽、莫月娥、黃篤生作品，藉以彰顯捲籟軒夫子春風化雨與同門師友情誼。

維仁長期追隨莫月娥老師學習，又曾在十幾年前協助莫月娥老師製作《大雅天籟：莫月娥古典詩吟唱專輯》，因此奉莫老師指派編輯本書，莫老師幾度囑咐：「先生（老師）一生詩作無數，竟無詩集行世，我身為弟子，深感遺憾，請務必協助編輯出版此集！」黃笑園先生逝世於民國四十七年，至今已超過半個世紀，莫老師緬懷五十幾年前過世的恩師，念念不忘出版詩集以告慰先師之靈，如此敬師愛師的情懷，在人情澆薄的現代社會，何其令人感動與敬佩！

笑園先生詩作散見於日治時期的報紙或期刊中，包括《臺灣日日新報》、《臺南新報》、《南瀛佛教會報》、《南瀛新報》、《昭和新報》、《詩報》、《風月報》、《南方》，光復後的作品則多刊登於《天籟報》、《中華詩苑》、《詩文之友》，上述刊物距離現在已有五十到九十年之久，而且各圖書館資料大多殘缺不全，維仁利用公餘與家務之暇，頻繁前往國家圖書館、臺灣圖書館、臺大圖書館、台北市立圖書館蒐集影印，然後再作比對整理，這對於向來讀書不精不勤的維仁而言，更有事倍功半的勞苦。然而維仁極為感佩莫月娥老師敬師愛師的情懷，即使自己能力不足，也不敢半途而廢，一年多以來兢兢業業，期盼自己能不辱莫老師所交付的使命。

《捲籟軒師友集》作者四人，其中黃笑園先生早在民國四十七年去世，自是無緣拜晤。黃篤生老師是書法大家，已在去年過世，維仁只曾得一面之謁而已，回想起民國九十一年製作《大雅天籟》專輯時，奉莫老師之命拜見黃篤生老師請為題字，因而曾經拜謁尊顏，對於書法大師的雍容氣度，迄今印象深刻。唐羽老師則是著作等身的方志文史學家，維仁因為編輯本書，多次承蒙老師耳提面命諄諄教導，對於史家嚴謹的治學態度敬佩不已，也希望自己因此能夠有所寸進。莫月娥老師自不待言，她是臺灣詩壇知名的詩人，數十年來以吟詩名聞全臺，維仁常常會覺得喜愛古典詩詞吟唱的朋友，如果不曾當面聆聽莫老師吟詩，絕對是應該抱憾的事，可惜維仁資質愚昧而用功不勤，對於吟詩學習領悟太少，但是多年以來領受莫老詩言教身教，則是獲益良多。

黃笑園先生、唐羽老師、莫月娥老師、黃篤生老師都是維仁非常崇敬的傑出人物，維仁有幸編輯《捲籟軒師友集》一書，深感榮幸。但因為個人能力不足，又只能斷斷續續利用公餘時間蒐集資料，使得這本《捲籟軒師友集》遲至近日方能出版，則又深感歉疚。編輯過程，承蒙天籟吟社歐陽開代社長、天籟吟社葉世榮老師、三千教育中心姚啓甲董事長、天籟吟社陳碧霞總幹事、三千教育中心陳淑惠小姐、黃笑園先生令外孫李齊益先生、萬卷樓圖書公司張晏瑞副總編輯和吳嘉家編輯協助極多，謹此鞠躬致謝。

國家圖書館出版品預行編目 (CIP) 資料

捲籟軒師友集／黃笑園等著 . 楊維仁主編
-- 初版 . -- 臺北市：萬卷樓，2013.10
面；　　公分

ISBN 978-957-739-819-2

文學 . 地方文獻

831.86　　　　102018771

捲籟軒師友集

2013 年 10 月 初版 平裝

ISBN 978-957-739-819-2

平裝定價：新台幣 240 元
精裝定價：新台幣 350 元

發行人	陳滿銘	出版者	萬卷樓圖書股份有限公司
總編輯	陳滿銘	編輯部地址	106 臺北市羅斯福路二段 41 號六樓之三
撰著	黃笑園	電話	02-23216565
撰著	唐羽	傳真	02-23218698
撰著	莫月娥	電郵	editor@wanjuan.com.tw
撰著	黃篤生	發行所地址	106 臺北市羅斯福路二段 41 號六樓之三
主編	楊維仁	電話	02-23216565
		傳真	02-23944113
		印刷者	財政部印刷廠

新聞局出版事業登記證局版臺業字第 5655 號

網路書店　www.wanjuan.com.tw
劃撥帳號　15624015